AMANECER

HISTORIAS DEL CLANDESTINAJE

LA LUCHA DE LA RESISTENCIA CONTRA CASTRO DENTRO DE CUBA

COLECCIÓN CUBA Y SUS JUECES

EDICIONES UNIVERSAL, Miami, Florida, 1996

Rafael A. Aguirre Rencurrell

AMANECER

HISTORIAS DEL CLANDESTINAJE

LA LUCHA DE LA RESISTENCIA CONTRA
CASTRO DENTRO DE CUBA

.·EDICIONES UNIVERSAL

Primera edición, 1996

EDICIONES UNIVERSAL
P.O. Box 450353 (Shenandoah Station)
Miami, FL 33245-0353. USA
Tel: (305)642-3234   Fax: (305)642-7978

Library of Congress Catalog Card No.: 96-84061

I.S.B.N.: 0-89729-803-9

En la portada fotografía de la Fortaleza La Cabaña en La Habana, Cuba. En esta fortaleza colonial, convertida en prisión, se fusilaron cientos de patriotas cubanos que lucharon contra Castro.
Foto cortesía de la Colección Archivos Cubanos de la Biblioteca Richter de la Universidad de Miami.

A mi esposa, a mi hija y a mis nietos

ÍNDICE

VII

VIII

Apéndice 1

Apéndice 2

Introducción

A pesar de los años que han pasado, revivir momentos tan intensos ha sido una experiencia muy dolorosa, pero consideramos un deber recordar a los hombres y mujeres con quienes compartimos los peligros y tristezas de la lucha clandestina contra la dictadura de Fidel Castro. A los que murieron frente a los pelotones de fusilamiento o asesinados brutalmente por los sicarios de la dictadura, a los que mueren lentamente en las prisiones y campos de concentración en Cuba y a los que siguen luchando, dentro y fuera de la Isla, con la ilusión de que un día la Patria quede libre de la brutal garra que la ahoga, desde el fondo del corazón les decimos que su sacrificio no ha sido en vano y que su recuerdo y ejemplo siempre vivirán en el alma de Cuba.

Los protagonistas de los hechos que aquí se relatan son reales, de carne y huesos, lo mismo que las circunstancias que los rodean, pero por razones de seguridad para los que quedan en Cuba muchas veces no se han usado los nombres verdaderos y en algunas ocasiones se han fundido varios personajes en uno.

Al final de este relato hay dos apéndices que el autor cree serán de utilidad al lector: una sinopsis de la historia de Cuba entre los años de 1933 hasta el triunfo de la revolución castrista en 1959 y una comparación entre la Cuba que existía antes de Castro y la Cuba castro-comunista.

I

Lo despertó el sonido de alguien llamando a la puerta. Era el primero de enero de 1959 y se había acostado tarde, esperando el nuevo año y pensando que sorpresas traería. No sabía si quien llamaba era su hija o la sirvienta. Incorporándose en la cama contestó:

—Adelante —y cuando vio que era la sirvienta le preguntó— ¿Qué pasa?

—Batista se ha ido, doctor —dijo la joven en voz baja, reflejando su cara la sorpresa que sentía.

—¿Cómo sabes eso? —le preguntó ya completamente despierto.

—Asómese a la terraza y verá las banderas del 26 de julio en todos los balcones.

La esposa, que se había despertado con la conversación, preguntó medio dormida:

—¿Qué pasa? Es muy temprano todavía para levantarse.

—Berta dice que Batista se fue, que los balcones están llenos de las banderas del 26 de julio —dijo él—. Voy a ver que pasa.

Al descorrer la pesada cortina que ocultaba las puertas de cristal de la terraza, la sala se inundó de luz. Era una mañana sin nubes y más allá del muro del malecón, las olas se movían sensualmente acariciadas por los tibios rayos del sol de enero. En medio del desierto paseo, la columna del monumento al Maine, terminada en el águila de bronce que parecía estar lista a emprender vuelo, semejaba un juguete vista desde la altura del piso 18 del edificio Focsa.

Salió a la terraza y sintió en la cara el aire frío que llegaba del mar. Pero su atención estaba dirigida hacia los balcones de los edificios cercanos. Y efectivamente, pudo ver como en muchos de ellos ondeaba la bandera del 26 de julio. La revolución castrista había triunfado.

Batista se fue en las primeras horas de la madrugada del primero de enero de 1959, y el cinco, como un general romano desfilando en su hora de triunfo frente al pueblo que delirante lo aclamaba, entraba en la ciudad de la Habana Fidel Castro. Y comenzaron los días durante los cuales la alegría y la muerte se mezclaban como hermanos mellizos y cuando la vida de un hombre dependía de que alguien lo acusara de haber sido colaborador del régimen depuesto. La envidia y el resentimiento se hartaron, llevando al paredón de fusilamiento a muchos inocentes.

Pero la revolución no podía perder el tiempo en cosas pequeñas. Si alguien no había sido culpable de lo que se le acusaba, no importaba, seguramente sería culpable de otras cosas que no se sabían. Y así, de día y de noche, mientras la población se embriagaba con la presencia de los «heroicos barbudos,» las paredes de los fosos de la Cabaña, siguiendo la tradición de la dominación española, se empapaban de sangre cubana. La actuación suave y teatral del ¿**Armas para qué?**[1] de Columbia, rápidamente fue sustituida por el grito ronco de ¡**Paredón!** ¡**Paredón!** Pronto se enseñó a los niños a espiar y a delatar a los padres. Las familias se dividieron y dónde antes había existido solo cariño y respeto, ahora solo había temor y odio. Y los guerrilleros, que con tan humilde devoción habían exhibido en las pantallas de la televisión los escapularios y rosarios colgados al cuello, pronto descubrieron las delicias de profanar iglesias y templos celebrando orgías en los altares.

Dos días llevaban allí, esperando, escondidos entre los manglares. En esos dos días no habían abandonado la lancha por temor a que en cualquier momento apareciera el grupo de «gusanos.» Ahora, a la caída de la tarde, el silencio solo era roto por el grito de algún pájaro y por el croar de las ranas. El golpeteo del agua contra el casco de la embarcación, haciéndola mecerse suavemente y la obligada falta de actividad tenía a todos en un sopor. Lo único que los mantenía despiertos eran los mosquitos y sobre todo los jejenes, que algunas veces, en verdaderas nubes, se lanzaban contra ellos metiéndoseles hasta por las narices, dificultándoles el respirar. Pero habían visto misiones peores.

Mientras se rascaba el cuello, José pensaba. Todo parecía una película. Nunca había conocido a su madre. Según le dijeron, cuando él era muy pequeño se fue con un hombre. Una vieja que vivía en un bohío cercano se hizo cargo de él. Total, era menos trabajo que criar un cochino, al que había que estar cambiando de lugar para que cogiera sombra y siempre con el peligro de que algún cabrón se lo robara. Mientras que al chiquillo nadie lo quería. Y se estaba allí, quieto sobre la pila de sacos donde dormía y cuando chillaba porque tenía hambre, un poco de agua con azúcar y algunas veces harina con leche y una vianda salcochada, lo hacía quedarse tranquilo por otro largo rato. Y cuando empezó a caminar siempre andaba detrás de la vieja, la única persona en el mundo, que a su manera, le había mostrado algún afecto. Y para la vieja lo más importante era que el sábado, cuando los hombres regresaban del monte donde pasaban la semana cortando leña, el padre, antes de irse a gastar al pueblo el dinero con tanto trabajo ganado, pasaba por el bohío y le daba dos billetes de a peso, por haberle cuidado al crío una semana más. No tenía tiempo

---

[1] ¿Armas para qué? Idea central del discurso pronunciado por Fidel Castro el 7 de enero de 1959 en el Campamento Militar de Columbia, en el cuál declaró la terminación de la lucha armada y pidió la unidad de todos los cubanos, descartando el uso de la fuerza y de las armas como algo innecesario en la Cuba del futuro.

ni le importaba ver al niño y lo único que hacía era darle el dinero a la vieja y largarse enseguida.

Un día la vieja se murió. El padre, que ahora tenía otra mujer e hijos, trató de buscar a alguien para que se hiciera cargo del niño, pero no encontró a nadie. No le quedó más remedio que llevarlo a vivir con él. Desde el primer momento la mujer lo odió, pues era una boca más, y además, no era suyo. Vivía lejos de la casa, en un cuartucho destartalado donde se guardaban las herramientas de trabajo y el palmiche y el maíz con el que se alimentaban los cerdos y los pollos y también las ratas que infestaban el lugar. Y allí dormía, en el suelo, sobre un montón de sacos viejos. Y cuando llovía, era más el agua que entraba por el techo de guano roto y desvencijado, que la que caía afuera. Y así se crió, entre puercos, ratas y pollos. Le daban la comida en un pedazo de papel de bodega. Era mucho trabajo tener que lavar un plato más.

Como siempre estaba solo, su único amigo era el monte. A los doce años nadie lo conocía como él, ni era capaz de encontrar el rastro y sacar a una jutía de su escondite. Muchos decían que en las noches sin luna se iba junto al río y hablaba con los güijes[2], que lo protegían. ¡Quién sabe! Al regresar un día a la casa se encontró con una gran conmoción. Se mudaban. Un hombre rico del valle junto a la costa, quería que el padre fuera de encargado de su finca. Al día siguiente llegó un camión, cargaron todos los tarecos y partieron. Él iba sentado en la cama del camión, mirando fijamente como el monte se alejaba. Pero eso fue todo. No sintió tristeza, ya que nunca había sentido alegría.

Desde el principio la vida fue muy distinta. Aunque siguió viviendo separado de la familia, el almacén en que vivía ahora era nuevo y pintado y en la parte de abajo no habían animales, sino de vez en cuando alguna gallina escandalosa llamando a sus pollitos a comer los granos de maíz que caían al suelo.

Un día en que no había nadie por los alrededores, se acercó al batey donde estaba la casa del dueño. Tan embobado estaba mirándolo todo que no se dio cuenta de un viejo que lo observaba. Cuando el viejo lo llamó, dio la vuelta para irse, pero algo lo hizo detenerse y se volvió. El otro le hizo seña con la mano de que se acercara y él fue hacia el viejo, aunque lleno de recelos. El viejo le preguntó si era hijo del nuevo encargado y él dijo que sí con la cabeza. Luego el viejo le pidió que lo ayudara, pues tenía que mover unos muebles en los cuartos. Tenía que hacer espacio para más camas, pues esperaban a la familia con invitados. Nunca había visto nada como aquello. Las habitaciones eran enormes y los muebles y adornos lo dejaron con la boca abierta. ¡Y la ropa de cama! Tan blanca que si una mosca se posaba en ellas enseguida se notaba.

Después de ese día la amistad entre el viejo y el muchacho continuó. Cuando los dueños llegaron, el viejo le dijo a la señora lo mucho que el muchacho lo había

---

[2] **Güije**: Duendecillo de piel oscura del folklore campesino cubano que vive en los ríos y en su desembocadura.

13

ayudado. La señora sentía un gran afecto por el viejo, que antes había sido sirviente en la casa de sus padres, y como sabía que ya tenía muchos años y que a veces había mucho trabajo, pidió al esposo que hablara con el nuevo encargado para que dejara a su hijo trabajar ayudando al viejo. Y así fue como José vino a vivir al batey. Le dieron una habitación en la casa de los empleados. ¡Con una cama para él solo! Las primeras noches durmió en el suelo, pues tenía miedo de caerse, pero con el tiempo se fue acostumbrando. Pronto el viejo comprendió que el muchacho no sabía leer ni escribir, y como tenían bastante tiempo libre cuando la familia no estaba de vacaciones en la finca, se dedicó a enseñarlo. Al principio fue difícil y más de una vez el viejo perdió la paciencia, pero poco a poco el muchacho fue aprendiendo a contar, a leer y a escribir. Pero dentro de él, sentía que el monte lo llamaba y no fueron pocas las veces que se desapareció exasperando al viejo, para después aparecer con un majá, una guinea jíbara, un pollo salvaje, una jutía y una vez con un gato jíbaro que se estaba comiendo los pollos de la señora.

La finca lindaba con el mar y esa fue la impresión más grande que José recibió la primera vez que lo vio. No podía creer que hubiera tanta agua. Pero su desilusión fue grande cuando trató de beber un poco y la encontró salada. ¡Qué lástima que alguien hubiera echado a perder tanta agua poniéndole sal! Cada vez que podía iba a la playa, que parecía ejercer una extraña fascinación en el chico. Sentía como si su vida estuviera ligada al mar. Y pronto la costa de la zona no tuvo secretos para él.

La primera vez que vio a Ricardo, el hijo del dueño, éste llegaba a la casa montando un lindo potro alazán que caracoleaba contento de verse fuera del establo. Ricardo era más o menos de su edad, aunque más alto, rubio y un poco más delgado. En el momento en que Ricardo se desmontaba, José llegó persiguiendo un pollo que se había escapado de la cocina. El pollo se metió entre las patas del caballo y detrás del pollo se metió José. El caballo, asustado con toda la conmoción, pegó un brinco y dio con el desprevenido jinete en tierra. Ricardo se levantó rápidamente, rojo de ira e iba a decir algo cuando del portal llegó la risa más alegre y musical que José había oído. Ricardo volvió la cabeza al mismo tiempo que José lo hacía y allí vieron, vestida con un lindo traje de montar, a Beatriz, la hermana de Ricardo. Ahogada por la risa la joven pudo al fin decir:

—Es la caída más espectacular que he visto en mi vida. ¡Ojalá hubiera tenido la cámara para tomarla! ¿La repetirías si voy a buscarla?

Ricardo la miró y la ira desapareció de su cara.

—Vete al diablo —le respondió riendo—. Podía haberme roto el cuello. ¡A ver si te hubieras reído entonces!

Y dándole a José la rienda y diciéndole que llevara el caballo para la caballeriza, desapareció en el interior de la casa, hablando y riendo con su hermana.

Muchas veces más los muchachos volvieron a encontrarse y se hicieron amigos. Instintivamente comprendían en que actividades uno era mejor que el otro y usaban ese conocimiento en provecho de ambos. Si iban al monte a cazar, lo mismo que

14

cuando iban a pescar o a los manglares a coger cangrejos moros, José era el que dirigía, pero cuando jugaban a la pelota, nadaban o montaban a caballo, dirigía Ricardo.

Para José los momentos más agradables eran cuando estaba cerca de Beatriz y ella le hablaba o se reía de algo. Muchas veces en su imaginación la comparaba con un pájaro bello y alegre, pero inmediatamente rechazaba la comparación, ya que los pájaros tienen las patas muy feas y flacas y las piernas de Beatriz eran muy lindas.

Y así fue pasando el tiempo y los niños fueron haciéndose hombres, y las cosas en el país también fueron cambiando.

Un día José decidió establecerse por su cuenta. Su padre, ya viejo, seguía administrando la finca, pero desde hacía tiempo, la mayor parte del trabajo lo hacía José, quien por su seriedad y honradez se había ganado la confianza de todos.

Pero José quería algo más, algo que fuera de verdad suyo. Y así se lo dijo un día al dueño. Tenía ahorrados unos pesos y pensaba comprar un camión para dedicarse al transporte de frutos menores. Pensaba que si hacía el negocio tratando de obtener un beneficio razonable y no abusando, los pequeños productores vendrían a él, pues los que se dedicaban al transporte de sus productos los explotaban tanto que mataban todo estímulo en ellos. Cuando José terminó de hablar el dueño quedó un rato pensativo. Y finalmente le dijo:

—José, tú sabes cuanto te estimamos, pero yo soy de los que creen que cuando un hombre quiere independizarse y tiene la idea de cómo hacerlo, debe seguir adelante. Con esto no te digo que te será fácil, pues vas a encontrar en el camino muchos intereses creados que tratarán de ahogarte, pero sé que eres fuerte y sabrás defenderte. Yo te ofrezco mi ayuda en todo lo que pueda y si quieres hacer una sociedad, estoy dispuesto a hacerla. Pero sea cual sea tu decisión, recuerda siempre que lo más importante no es triunfar, sino tratar de hacerlo, y sobre todo, no darse por vencido. Esa es la diferencia entre los hombres que miran al futuro y los que se sientan a vivir en el pasado.

José agradeció el ofrecimiento, pero rechazó la oferta. Quería todo o nada. Y así empezó, con un camión de segunda mano, llevando los productos de las pequeñas fincas a los mercados. Era muy duro. A veces el precio de un producto estaba muy alto, pues había escasez. Y entonces José se pasaba día y noche recorriendo fincas y ayudando a cargar el camión, para muchas veces encontrarse al llegar al mercado, derrengado de cansancio, que el precio había caído, pues los grandes productores habían inundado el mercado de lo mismo que él traía. Veces hubo en que pensó dejarlo todo y volver a la finca, pero sabía que nunca lo haría y continuó luchando.

Y en sus viajes de un lado a otro, empezó a oír de la revolución. ¿Y a él que carajo le importaba? Era verdad que los gobernantes eran una pila de ladrones, pero, ¿y qué? ¿Siempre no había sido la mismo?

Pero según le decían esta revolución era distinta. No era una revolución por ambición de poder, ni «un quítate tú pa ponerme yo.» Nada de eso. Era una revolución para traer honestidad al país. Para terminar con el robo y la desvergüenza.

Primero fueron rumores. Cuando alguna vez llevaba a un cura amigo suyo de un pueblo a otro, el sacerdote le hablaba de la revolución, tan cubana como las palmas. Le hablaba de los sacrificios de los hombres y mujeres que se oponían a la dictadura y como se reunían en las iglesias para recaudar fondos y reunir toda la ayuda que pudieran para la lucha. Después comenzó a hablarle de los hombres que habían desembarcado en las costas de Oriente y de otros que estaban luchando en las montañas del Escambray por la justa causa. Y también el boticario le hablaba, y una vez que se lastimó un pie, el médico que lo atendió le contó de los rebeldes.

Y después, como un río que se desborda porque no puede contenerse en su cauce, todo el mundo no hacía más que hablar de lo mismo. Había que ayudar a la revolución. Había que salvar al país de bandidos y asesinos.

Un día mientras esperaba una liquidación en el Mercado Único de la Habana, un tipo se acercó a él pidiéndole candela. Al encender el cigarro, en voz muy baja le dijo,

—Sígueme.

Esto no era nada nuevo, pues el mercado siempre estaba lleno de putas y buscadores a caza de clientes. Pero había algo extraño en este desconocido que hizo que lo siguiera. De todas maneras, instintivamente, tocó el cuchillo que llevaba a la cintura bajo la camisa.

En el fondo de uno de los oscuros corredores había un gran cargamento de papas, y detrás, en un pequeño espacio, estaba de pie un hombre de pelo muy negro, bigote ancho, ropas muy sucias y estropeadas y espejuelos oscuros. Arriba, sentado en la pila de papas, otro tipo parecía dormir. O vigilar.

Cuando José se encontró frente al hombre del bigote, lo miró esperando. Pero al reírse el hombre, lo reconoció, ¡era Ricardo! Con gran afecto se abrazaron.

Ricardo le contó que tenía que usar ese disfraz pues la policía lo andaba buscando por revolucionario. Ya una vez lo habían detenido y se salvó por un pelo, gracias a unos amigos de su padre que intervinieron a su favor. Estaba a cargo del envío de pertrechos a los alzados de las montañas. En la zona del Escambray, en las Villas, donde tenían la finca, ya habían grupos de guerrilleros y era por eso que lo había mandado a buscar, pues sabía que nadie conocía esos caminos mejor que él, y que por su negocio, no se haría sospechoso a los soldados. A José nunca le había interesado la política y ahora menos, pues los negocios le iban bien últimamente y hasta estaba pensando en casarse.

Mientras hablaban una mujer se acercó por detrás de José. Al llamarlo, volvió la cara, pero lo único que vio fue otra prostituta más, con las mismas ropas y la misma cara pintarrajeada. No le hizo caso.

—Ahora si me siento segura con este disfraz —dijo la mujer—, pues si tú no me has reconocido, nadie podrá hacerlo.

Era Beatriz.

—José, sé para que estás aquí y tienes que ayudarnos —prosiguió Beatriz—. Ahora mismo venía a ver a Ricardo para decirle que es absolutamente imprescindible enviar un material al Escambray. ¡Y tú lo podrías hacer tan fácilmente! Únete a nosotros. Nadie ni nada puede contener la revolución, porque es la voluntad del pueblo de Cuba que está cansado de tanto bandido y vende-patria. Si hablaras con Fidel y con los otros líderes comprenderías.

—Pero se dice que hay algo de comunismo en todo eso —dijo José—. Y el comunismo no me gusta.

—¿Tú crees que nosotros estaríamos en esto si fuera así? ¿Tú crees que el padre Francisco Guzmán, del colegio de Belén, que era alumno cuando Fidel estaba allí, estaría en la Sierrra con él? ¿Crees que en las iglesias y en los conventos se estaría trabajando por la revolución como se está haciendo, si fuera comunismo? José, ten la seguridad que esto es tan comunista como tú chino. Todas esas habladurías no son nada más que pura campaña del gobierno para desprestigiar la revolución.

Y José recordó sus conversaciones con el cura párroco. Y también con el médico y el boticario y con muchos que sabían más que él. Y ahora, por último, Ricardo y Beatriz. Y se decidió. Y esa noche entre los sacos de abono que llevaba en el viaje de regreso, iban los explosivos que servirían para volar un puente o destruir un objetivo militar.

Así comenzó todo. Como era tan conocido, no se hacía sospechoso a la guardia rural de la zona. Además, para mayor precaución, bajo la cama del camión se puso un doble forro, casi imposible de encontrar, para ocultar allí lo que llevaba.

Poco a poco fue conociendo a los líderes del movimiento clandestino. Y se asombró al darse cuenta que a muchos ya los había conocido en la finca del padre de Ricardo. Eran jóvenes valientes llenos de ideales. Y ahora ya no sentía dudas, pues si ellos, que tenían tanto que perder, estaban dedicados completamente a la revolución, ¿cómo él, que no tenía nada que perder, iba a dudar? Con líderes como ellos se podía ir a cualquier parte.

II

De pronto todo fue alerta en la lancha. Al principio apagadamente, pero cada vez más próximo, se oía el ruido de remos en el agua. Con las ametralladoras listas esperaron. Era un carbonero. Al pasar entre los manglares lo vieron en su cachucha[3] vieja y tiznada. Como él no los vio, lo dejaron seguir. A poco el chapoteo de los remos en el agua se fue perdiendo en la distancia. Un sábalo salto en el agua. Tenían que seguir esperando. Por suerte, con la brisa se habían ido los mosquitos y los jejenes.

Una vez dentro de la lucha contra la dictadura, José se entregó por completo a la misma. Día tras día el camión subía los empinados caminos del Escambray llevando bien escondida en sus entrañas la carga de muerte. Nadie sospechaba de él. A veces los guardias rurales le hacían encargos de la Habana o de Santa Clara.

La situación se hacía más y más difícil para el gobierno. Y las medidas de seguridad se hicieron más rígidas y brutales. Pero no para José, el camionero amigo de los guardias. Los servicios que durante ese tiempo prestó a la revolución fueron incalculables.

Ricardo tuvo que irse para Miami. La cosa se había puesto muy caliente para él. Ni aún los amigos de su padre podrían ayudarlo si lo agarraban. Pero Beatriz seguía trabajando por la causa. Muchas veces ella movía el material que después José llevaba para el Escambray. José recordaba una noche cuando lo recogió en una esquina de Ayestarán, en la Habana. Todo fue tan casual que nadie hubiera podido imaginarse había sido preparado. A varias cuadras de distancia, en una calle solitaria y oscura, pararon el carro junto a la acera. En una hoja de papel habían escritos varios mensajes cortos y algunos nombres y direcciones. Y mientras ellos leían con mucha atención a la luz de una pequeña linterna, un auto se acercó lentamente con las luces apagadas. Ella lo vio. Comprendió que era de la policía y que si encontraban el papel, no solo estaría perdidos ellos, sino también aquellos cuyos nombres aparecían escritos en el papel. Y entonces Beatriz se abrió la blusa y con un rápido movimiento soltó el broche del ajustador y lo levantó. Los hermosos senos, erguidos

---

[3] **Cachucha:** En Cuba embarcación pequeña de fondo plano.

18

y desafiantes, quedaron al descubierto. Atrajo al sorprendido José hacia ella y comenzó a besarle la cara, al mismo tiempo que murmuraba en su oído:

—Es la policía, actúa como si fuéramos amantes.

Cuando el poderoso chorro de luz de la linterna del agente del G2 iluminó el interior del carro, y el agente se asomó por la ventanilla, mientras otro esperaba unos pasos atrás, con la ametralladora lista, lo único que vieron fue a un hombre besando apasionadamente a una muchacha, mientras con la mano acariciaba sus pechos desnudos. Sorprendida por el súbito rayo de luz de la linterna, la muchacha se cubrió el pecho con las manos y los brazos, mientras que su compañero, al virar la cara protestando, se encontró con el cañón de una pistola apuntándole a la cabeza.

El policía de la linterna, mirando cínicamente los desnudos pechos que la joven trataba de ocultar, dijo dirigiéndose a José:

—Lárguense de aquí a matarse en otro lado, que para eso hay bastantes posadas.

Y volviéndose a su compañero le dijo:

—No es nada. Vámonos. ¿Viste que buena está la muy cabrona?

Y se alejaron riendo.

Nunca hablaron de esa noche, pero José jamás olvidó la suavidad de sus labios y el calor y firmeza de sus pechos.

Y el tiempo pasaba. Al Escambray llegó un nuevo jefe militar y con él nuevos soldados. Un anochecer, el camión fue detenido por una pareja de soldados a quienes no conocía. Ya el registro estaba casi terminado cuando uno de los soldados notó una tabla que parecía suelta en el fondo del camión. Tiró de ella y al levantarla, vio los paquetes de explosivos y algunas armas y municiones. Antes que pudiera incorporarse, ya José le había clavado el cuchillo en el pecho. Al otro lado del camión, el segundo soldado no se dio cuenta de lo que había pasado. Vio a José huir y cuando agarró el rifle y se lo echó a la cara, ya José había desaparecido en el monte. Disparó, aunque sabía que era inútil. La manigua se lo había tragado.

De nuevo la tranquilidad del atardecer fue rota por un ruido, pero esta vez no era de remos, sino del motor de una embarcación que se acercaba. Escondidos entre los manglares podían ver sin ser vistos. Un viejo barco pesquero se acercó y echó el ancla cerca de la costa. Aquel no era lugar para pescar. Esa era la embarcación en que pensaban irse los gusanos.

José permaneció en el Escambray hasta la caída de Batista. Entró en la Habana con el grupo del Che Guevara. Solo un puñado de hombres. Y así tomaron la Cabaña. Con el equipo y los hombres que habían allí nunca lo hubieran podido hacer. Pero los soldados de Batista se entregaron sin pelear, lo mismo allí que en el campamento de Columbia y en toda la Isla. José recordaba como los soldados habían sido desmoralizado con la propaganda constante que se les hacía en las montañas. Por medio de alto parlantes, escondidos en la densa vegetación y cuando eran hechos prisioneros, antes de desarmarlos y dejarlos libres, se les decía que no pelearan contra la revolución, que se unieran a ella, que no hacerlo era mantener en el poder a gobernantes y jefes corrompidos y cobardes que los mandaban a pelear mientras ellos se quedaban en las ciudades haciéndose millonarios con sus negocios sucios y viviendo como reyes con sus queridas. Y como era la verdad, los soldados de Batista lo creyeron, y no peleaban. Y ahora, que podían haber destruido fácilmente a los rebeldes, los recibían con los brazos abiertos, como se recibe a los hermanos. Y se pusieron a las órdenes de ellos. Y el pueblo, como de costumbre, se lanzó a las calles a celebrar. Habían llegado los héroes barbudos vestidos de verde olivo con los rosarios colgados al cuello. Cuba estaba salvada.

Enseguida comenzaron los juicios. Uno de los primeros actos del fidelismo fue la ejecución de 71 detenidos en Santiago de Cuba acusados de haber participado en atropellos contra los revolucionarios durante el gobierno de Batista. Por orden directa de Raúl Castro, y sin que se les celebrara juicio, fueron fusilados y enterrados en una fosa común en los primeros días del mes de enero. Testigo presencial de eso lo fue el sacerdote católico Jorge Bez Chabebe. Entre los fusilados habían varios miembros del partido comunista de Oriente. Y cuando se empezó a acusar a la alta jerarquía revolucionaria de ser de tendencia comunista, ese fue uno de los hechos que alegaban para defenderse de la acusación y contraatacar:

¿Cómo era posible que hubieran comunistas entre ellos si habían ejecutado a varios miembros del partido comunista de Oriente en los primeros días que siguieron al triunfo de la revolución? Qué la revolución era comunista era una de las mentiras que la propaganda de Batista había usado para atacarla, y por lo tanto, quién ahora repitiera esos rumores era batistiano y contrarrevolucionario y merecía ser castigado.

La verdad, que nunca dijeron, era que esos comunistas habían sido ejecutados por considerarlos traidores por haberse apartado de las directrices del partido. Noche y día funcionaban en toda la Isla los tribunales revolucionarios juzgando y condenando a miembros de las fuerzas armadas, a ex-funcionarios del régimen de Batista y a otros, acusados de haber cometido crímenes. Y casi siempre la sentencia era la pena de muerte frente a un pelotón de fusilamiento. Pero a José le parecía que todo se hacía con demasiada rapidez, y que muchos inocentes eran condenados. Pero él debía estar equivocado, ya que aquellos que sabían más que él le decían que se estaba haciendo justicia, verdadera justicia revolucionaria.

Y llegó el juicio del Comandante José Sosa Blanco. El hombre no tuvo oportunidad de defenderse, con una plebe sin control desde el principio demandando su muerte con el ronco grito de ¡Paredón! ¡Paredón! Un verdadero circo romano. En unas horas Sosa Blanco fue condenado y fusilado. Y algunos pensaron que las cosas se estaban haciendo con bastante irresponsabilidad. Para no ser menos que Raúl Castro, el «Che» Guevara decidió la ejecución del Comandante Castaño, prisionero en la Cabaña, que fuera miembro del Servicio de Inteligencia Militar (SIM) en época de Batista. Castaño, que había sido entrenado por el FBI y Scotland Yard, era una de las más notables autoridades en actividades anti-comunistas en el continente americano. Desde un principio el juicio fue una parodia grosera. Pero antes que el proceso se terminara y se hubiera dictado sentencia y a pesar de las gestiones que en su favor venían realizando el embajador de los Estados Unidos y otros miembros del cuerpo diplomático, el propio Che Guevara lo asesinó cobardemente de un disparo a la cabeza en la celda que ocupaba en la Cabaña. Y cuando un grupo de aviadores del ejército constitucional, acusados de haber bombardeado caseríos y bohíos en la Sierra Maestra, fueron juzgados y declarados inocentes por un tribunal revolucionario presidido por un comandante de la Sierra, Fidel compareció ante la radio y la televisión y ordenó que fueran juzgados de nuevo y así lo hicieron y esta vez los aviadores fueron condenados a treinta años de cárcel, las críticas se hicieron más numerosas y abiertas.

Una noche todos los oficiales de la Cabaña fueron citados a una reunión. José, que era teniente, estaba presente. Presidía el Che. José no lo conocía bien, siempre rodeado de sus amigos y favoritos. Claramente les dijo que la revolución no podía detenerse y menos por escrúpulos. Pasarían muchas cosas que ellos no entenderían. Y mientras hablaba, fijaba los ojos en cada uno. Unos ojos fríos como los del majá. O del tiburón. Algunos de los oficiales dijeron que las cosas no se estaban haciendo como se había dicho, que estaban pasando cosas muy extrañas. El Che los oyó, habló con uno de sus secretarios en voz baja, tomó nota y dio por terminada la reunión. Pocos días después José supo que todos los que expresaron sus dudas esa noche habían sido trasladados, pero no se supo nunca a dónde. El mensaje estaba claro, lo mejor era callarse y andar con cuidado.

José visitaba mucho a Beatriz y a Ricardo. Éste ocupaba un alto cargo en el nuevo gobierno y Beatriz trabajaba con él. Pero poco a poco José empezó a notar un extraño cambio en ellos. Como si se sintieran incómodos en su presencia. Pensó que ahora, que la lucha había terminado, él volvía a ser para ellos el antiguo guajirito. Y dejó de ir a verlos.

Un día se enteró que Ricardo había renunciado. Dijeron que por la Reforma Agraria, ya que los latifundistas no podían estar contentos con la revolución. Pero José sabía que eso no era verdad. Ricardo no era de los que ponían el interés personal antes que el ideal. Esa noche fue a visitarlos. El recibimiento que le hicieron fue tan frío, que se arrepintió de haber ido. A poco de estar allí, el padre de Ricardo, mirándolo fijamente a los ojos, le dijo:

—José, yo comprendo tu situación. No quieres ver la verdad. Esta revolución te ha dado lo que quizá nunca hubieras alcanzado. Eres teniente, tienes un automóvil, chofer y todo lo que deseas. Para un hombre joven todo eso es muy importante. Pero dejaría de ser sincero conmigo mismo si me callara.

Ricardo trató de intervenir, pero el anciano lo interrumpió con un gesto de la mano y continuó:

—Ésta no es la revolución por la que se luchó tanto. Es algo diferente, diabólico. No creas que hablo así porque me han quitado las tierras. Sí, es verdad que me duele que lo hayan hecho, pues tú sabes cuanto significaban para mí. Eran parte de mi vida y no las robé. Las heredé de mi padre y de mi abuelo, que las habían obtenido honradamente, trabajando muy duro. Siempre traté de ser justo con todo el que trabajó para mí, y eso tú bien lo sabes. Y si alguna vez fui injusto, Dios bien sabe que no fue mi intención serlo. Te digo todo esto porque te he visto crecer y hacerte un hombre. Un hombre honrado, José. Y me he sentido orgulloso de ti. Y ahora si crees que es tu deber denunciarme, hazlo. Yo no te lo reprocharía, lo comprendería. Adiós.

Salió de la casa confundido. ¡Habían tantas cosas que no entendía!

Habían llegado temprano al aeropuerto de Rancho Boyeros. Poco después se les condujo a un espacio cerrado por cristales al que se conocía como la «pecera.» Allí tendrían que esperar la salida del avión que los llevaría a su destino. Nadie que no estuviera autorizado podía entrar a la «pecera.» Los parientes y amigos que venían a despedir a los viajeros se paraban frente a los cristales para comunicarse con los que estaban dentro por medio de señas y algunos gritos. Algunas veces los más osados tiraban por encima de los cristales algo, un caramelo, una sortija, etc. Pero había que tener mucho cuidado, porque los milicianos estaban allí para evitar todo tipo de contacto con los viajeros y si cualquiera era sorprendido dándoles o recibiendo algo de ellos, podía pasar un mal rato. Dentro de la pecera el ambiente era tenso. Todos sabían que el próximo paso podía ser la escalera del avión o la oficina del G2 donde se registraba e interrogaba a los que eran llevados allí. Si el interrogatorio duraba mucho el interrogado podía perder el vuelo y tener que empezar de nuevo a hacer las gestiones para salir en otra fecha. O podía terminar en la Cabaña o en otra prisión cualquiera. Sintiendo la tensión de los mayores, los niños se ponían irritables. Los más pequeños lloraban y los mayores permanecían callados, con las caritas serias, sin saber lo que estaba pasando. No entendían por qué todos, dentro y fuera de la pecera, estaban tan tristes. La vieja era la única que parecía divertirse. Había hecho amistad con los milicianos y ya la habían dejado ir al baño varias veces. Eso quería decir que les caía bien, pues era muy difícil que dejaran a alguien ir al baño. Todos los días se daban casos de accidentes por parte de personas, especialmente ancianos y niños, que no habían podido esperar a que se les autorizara a ir. Tenía puesto un vestido muy chillón y la cara muy pintada, como la de un payaso. Pero lo más ridículo era el sombrerito que llevaba puesto. Con toda la risa y el choteo que se traía con los milicianos, se lo tenía que estar aguantando a cada momento, pues si no se le hubiera caído hacía rato. Era chiquito, como si hubiera sido hecho para descansar en una cabeza más pequeña que la suya. Por los lados tenía pegadas piedras de distintos colores y en el frente un broche con una imitación mala de un brillante grande. Se había puesto una pintura barata en el pelo y la pintura había manchado de gris el sombrero y las piedras.

—Voy a Miami para seguir hasta Nueva York donde vive una hija mía. Van a hacerle una operación y necesita que vaya a estar con ella. ¡Y con lo que me gustan a mi los yankees! Pero hijo, esa es la vida y uno tiene que sacrificarse algunas veces—le decía en voz bastante alta a un joven que estaba sentado a su lado sin prestarle mucha atención.

Y los milicianos que hacían guardia, al oírla le gritaban:

—Oye vieja, lo que tienes que hacer es buscarte un gringo viejo con plata para que te resuelva, y con esa creación que llevas en la cabeza no vas a tener problema en encontrarlo —y se morían de la risa.

Y ella se ponía de tú por tú con ellos, bromeando en voz alta y llamándolos por sus nombres, «Pepe», «José», «Pedro».

Los demás pasajeros la miraban sin decir nada, maldiciendo dentro de ellos la hora en que les había tocado una compañera de vuelo así. Después de haber esperado interminables horas en el calor asfixiante de la pecera, y de haber visto como los agentes de la seguridad nacional se llevaban a varios pasajeros de los cuales algunos no regresaron, llegó el momento de la partida. Subieron al avión y aún allí vinieron los del G2 a buscar a un hombre. La esposa quería bajar con los niños para ir con él, pero no se lo permitieron. Al fin el avión despegó. Había un silencio total a bordo. Los pasajeros parecían no respirar. Estaban tan cerca de lo que hasta ahora había sido un sueño y les horrorizaba la idea de que pudieran hacerlos regresar. Mientras el avión estuviera volando sobre aguas territoriales cubanas el gobierno tenía el derecho de ordenar al piloto de la nave que regresara a Cuba. Y lo hacían a menudo. Cuando se oyó la voz del capitán salir por el sistema de comunicación se podía oír el vuelo de una mosca.

—Les habla el capitán de la nave. Quiero anunciarles que ya estamos volando sobre aguas internacionales.

Por unos segundos continuó el silencio. Y de pronto. como un volcán que hace súbita erupción, de todos los pechos salió el grito de «Viva Cuba Libre» y a continuación se oyeron las notas del himno nacional cubano. Aparecieron botellas y todo el mundo brindaba lleno de alegría. Y cuando algunos miradas se posaron en la vieja chillona vieron que se estaba quitando la pintura de la cara. La esposa de uno de los pasajeros que había sido interrogado y mortificado, no pudo aguantarse y le preguntó:

—¿Qué pasa, extraña tanto a sus amigos milicianos?

La vieja levantó la cara. Ya no era la misma. La vulgaridad había desaparecido con la pintura y ahora todos podían ver el rostro delicado y bello de una anciana en el que se reflejaba una gran dignidad. Los pasajeros se miraron sorprendidos sin decir una palabra. Y entonces fue ella quién habló:

—Tenía que salir de Cuba pues de mí dependía el futuro de mi hija y de mis nietos. Y sobre todo tenía que sacar esto —dijo mientras levantaba el ridículo sombrero—. Algunas de estas piedras son cristales corrientes, pero otras son verdaderas. Han pertenecido a mi familia por muchos años y como fieles amigos, ahora van a asegurar la tranquilidad de nosotros y la educación de los niños. Y por ellos hubiera hecho cualquier cosa, inclusive tratar de engañar a esos descastados haciéndome pasar por una viaja desvergonzada. Espero que comprendan—terminó diciendo mientras lágrimas de vergüenza corrían por sus mejillas.

Y los demás comprendieron. Y cuando desembarcaron en el aeropuerto de Miami, los que fueron a recibirlos se sorprendieron al ver que los que llegaban cedían el paso con gran respeto a una dama de porte muy distinguido vestida con un vestido chillón, a quién esperaban una mujer joven y dos niños. Y cuando las dos mujeres se abrazaron, los demás pasajeros prorrumpieron en aplausos.

III

Poco a poco empezó el adoctrinamiento. Al principio eran clases voluntarias, después obligatorias. Y los «técnicos» empezaron a llegar. Checos, chinos, suramericanos, y finalmente rusos. Primero en pequeños grupos, después por docenas, por cientos, por miles. Y los comunistas, que nunca estuvieron en las montañas ni en la clandestinidad, comenzaron a salir de las sombras donde habían estado agazapados, y en los centros de trabajo y en el gobierno, las posiciones claves fueron cayendo en sus manos.

Y los juicios. Parecía que nunca terminarían. Pero algo había cambiado. Ya no todos los acusados habían pertenecido al gobierno depuesto. Muchos eran antiguos revolucionarios de la lucha contra Batista, que ahora no estaban de acuerdo con lo que se estaba haciendo. Y cada día eran más.

Ya prácticamente todos los diarios, revistas, y las estaciones de radio y televisión, estaban en manos del gobierno. Inclusive aquellas que durante la época de Batista habían luchado tenazmente por la causa de la revolución. Las tácticas que se usaban siempre eran las mismas. Se acusaba a los propietarios y ejecutivos de haber hecho causa común con la dictadura de Batista y de haberse beneficiado ilegalmente con ayuda de la misma. Otras veces la acusación era simplemente de actividades contrarrevolucionarias. Y los acusados no podían defenderse ni les quedaba nada que hacer, pues la acusación per se era de facto una declaración de culpabilidad. Inmediatamente el gobierno revolucionario ordenaba la intervención de la empresa y designaba un interventor con poderes absolutos. No más críticas al gobierno. Y se sentó la premisa: Criticar al gobierno era criticar la revolución, ser contra-revolucionario. Y ser contrarrevolucionario era uno de los delitos más graves que se podían cometer. Un caso típico fue el del *Diario de la Marina*, uno de los diarios de más prestigio en el continente americano. Desde su fundación en el siglo XIX, el *Diario* se caracterizó por mantener una línea conservadora y católica. Y posteriormente, al comenzar el crecimiento y avances del comunismo, desde sus páginas se combatió incansablemente la doctrina marxista. Los editoriales de Don Nicolás Rivero, de su hijo José Ignacio (Pepín) y de su nieto José Ignacio Rivero, fueron siempre claros ejemplos de esa lucha incansable. Poco después del triunfo de la revolución, Fidel Castro apareció en la televisión cubana acusando a José Ignacio Rivero, último director del *Diario*, de haber recibido dinero del gobierno de Batista.

Y para demostrar lo que decía enseño un paquete, que según él, contenía cheques cancelados emitidos por el gobierno de Batista a nombre de José Ignacio Rivero y del *Diario de la Marina*. Al conocer lo que sucedía, José Ignacio Rivero desde su oficina en el *Diario* procedió a escribir un editorial en el cual negaba firmemente la acusación que se le hacía y pedía a Fidel Castro que mostrara las pruebas que decía tener contra él. El editorial nunca pudo ser publicado. Fue interceptado y destruido por miembros de una «comisión» de viejos comunistas que se había formado rápidamente en los talleres del *Diario*. Al mismo tiempo se iba formando una multitud hostil frente al periódico, en el Paseo del Prado y en las calles adyacentes. La consigna era ¡Paredón! para Rivero y los suyos. Esa misma tarde José Ignacio Rivero se vio obligado a pedir asilo en una embajada. Por supuesto, el *Diario de la Marina* fue intervenido y pasó a ser un trofeo más de la rapiña castrocomunista. Y cuando desde las páginas de *Prensa Libre*, diario que había defendido valientemente la revolución durante la época de Batista, su director, Humberto Medrano, defendió a José Ignacio Rivero condenando la incalificable injusticia que se había cometido y pidiendo a Fidel Castro que rectificara el mal hecho, la respuesta fue rápida y directa. *Prensa Libre* fue intervenido y el Dr. Medrano, acusado de contrarrevolucionario, se vio obligado también a pedir asilo político en una embajada. Esa noche la ciudad de la Habana vio el espectáculo bochornoso de una turba vociferante que llevando en hombros féretros con los nombres del *Diario de la Marina* y de *Prensa Libre*, los arrojaban al mar desde el muro de la Avenida del Malecón. Sin saberlo, lo que realmente representó la muchedumbre esa noche, fue el entierro simbólico de la libertad de expresión en Cuba. Después de esto, poco tiempo duraron los otros diarios, revistas, y estaciones de radio y televisión. En muy corto tiempo el gobierno obtuvo el control absoluto de todos los órganos de información que existían en Cuba. Se había amordazado a un pueblo.

Y así, sin que nadie pudiera protestar, los fusilamientos se hicieron más numerosos, sobre todo en la Cabaña. Desde las celdas en que se les tenía hacinados, los prisioneros oían la descarga cerrada y luego los estampidos secos del tiro de gracia que se le daba en la nuca a cada ajusticiado. Como un anuncio brutal que se le hacía al pueblo de Cuba.

La cabeza parecía estallarle cuando despertó. Había tomado demasiado ron. Abrió la ventana y la claridad lo dejó ciego por un instante. Hacia el este surgía el sol en el horizonte y sus rayos de fuego parecían cubrir la ciudad con un manto rojo. Como de sangre. Aspiró profundamente la brisa que llegaba. Desde la altura en que se encontraba en la habitación del hotel Nacional donde había pasado la noche, podía ver la ancha avenida del Malecón, a esa hora desierta y silenciosa y detrás del muro, el mar, imponente en su inmensidad y en su color de un azul profundo y misterioso. Sin saber por qué, como una trágica premonición, José sintió un frío extraño que lo hizo estremecerse.

Ese día supo la noticia. Ricardo estaba preso en la Cabaña. Se les acusaba a él y a unos amigos de estar conspirando contra el gobierno, de ser agentes contrarrevolucionarios pagados por el imperialismo yanqui. Ahora ése era el máximo delito.

Poco tiempo después del triunfo de la revolución, Ricardo comenzó a preocuparse. Estaban pasando cosas que no entendía. La revolución se había hecho para terminar con la corrupción y los abusos del gobierno. Fidel personalmente había prometido al pueblo establecer un gobierno democrático y justo, que le diera a todo cubano la oportunidad de crear su propio destino. Un gobierno elegido por el pueblo y para el pueblo, en que la ley fuera igual para todos y en el que los gobernantes fueran responsables de sus actos. En esencia, el objetivo había sido la revolución política, democrática y honrada que el pueblo quería. La revolución que aparecía claramente plasmada en la constitución de 1940, pero que en muchos aspectos había sido ignorada por cada uno de los gobiernos habidos desde esa fecha. Pero la cosa había cambiado. La revolución política por la que se había luchado y derramado tanta sangre, poco después de la victoria había sido sustituida rápidamente por una revolución social ajena a la realidad cubana. Ahora ya no se hablaba de democracia ni de elecciones, ni de aplicar en toda su integridad la constitución de 1940 y terminar para siempre con la corrupción administrativa y el abuso de poder por parte de los gobernantes. No se volvió a hablar de elecciones y pronto comenzaron los ataques feroces contra los Estados Unidos. Los innumerables beneficios que recibía Cuba de su proximidad al mercado norteamericano, al que todos los países trataban desesperadamente de acercarse por representar el mercado de consumo y de capital más rico del mundo, el turismo norteamericano, y lo más absurdo e inexplicable, el trato preferencial que los Estados Unidos daban a Cuba en el precio del azúcar que ésta le vendía—varios centavos más por libra que el precio fijado en el mercado mundial—se transformaban de la noche a la mañana en espinas irritantes que provocaban la furia feroz de los dirigentes cubanos:

Cuba no necesita de los Estados Unidos—vociferaban en la televisión Fidel, Raúl, el Che y todos los demás—. El trato preferencial es una ofensa a la dignidad nacional. **Cuba Sí, Yankis No.**

Y se olvidaban que había sido precisamente el gobierno americano el que suspendiendo el envío de armas al gobierno de Batista, había contribuido decisivamente al triunfo de la revolución.

Inmediatamente después de tomar el poder Fidel y los suyos, comenzaron a llegar técnicos de los países comunistas. Para enseñar a los cubanos. ¿Qué podían enseñar a los cubanos esos técnicos, cuya tecnología y productos tenían por lo menos veinte años de retraso en relación a los que existían en Cuba? En una exposición de maquinaria agrícola rusa que se presentó en la Habana a mediados de 1960, Ricardo pudo comprobar que los tractores, camiones y maquinaria agrícola rusa en general, podían compararse a los que se fabricaban en los Estados Unidos y que se usaban en Cuba hacía veinte años. Pero lo más increíble era pensar sustituir los nexos comerciales que desde la independencia de la República existían con el país norteamericano, el país de nivel económico más alto del mundo, situado a noventa millas de Cuba, por los que podían ofrecer la Unión Soviética y los países del bloque comunista, situados a miles de millas de distancia y todos ellos, incluyendo la Unión Soviética, con un nivel de vida muchísimo más bajo que el de la Cuba de esa fecha. Eso no tenía sentido.

Hablando con su padre y con sus amigos, Ricardo descubrió que él no era el único que sentía esa preocupación. Después de discutir largamente el asunto los jóvenes decidieron ir al propio Fidel y comunicarle sus inquietudes. El padre trató de disuadirlos de la idea, pero ellos consideraban que era su obligación hacerlo así. Fidel no los recibió, pero Celia Sánchez les indicó que hablaran con los Ministros de Agricultura y de Comercio. En la entrevista, en la que estuvieron presentes además de los ministros, otros altos funcionarios del gobierno, se les pidió que cada uno diera su opinión por separado. Todos estuvieron de acuerdo en que les preocupaba mucho que el gobierno atacara tan duramente las relaciones comerciales que existían con los Estados Unidos, cuando el sueño de todos los países del mundo, incluyendo los del propio bloque soviético, era el de tener acceso al mercado norteamericano. Después de oírlos en silencio los ministros les dijeron que se ocuparían del asunto. Esa misma noche todos fueron detenidos.

El juicio comenzó a las siete de la noche. El fiscal explicó al público y al tribunal, como este grupo de niños góticos,[4] de parásitos que nunca en su vida habían trabajado, que habían vivido de la explotación de los humildes, de la injusticia y del abuso, se habían puesto de acuerdo con agentes de la CIA norteamericana para entorpecer y realizar actos de sabotaje contra los avances de la revolución cubana.

No había terminado de hablar el fiscal cuando ya se oía en toda la sala y afuera, el grito de ¡Paredón! ¡Paredón!

Desde el lugar en que estaba, José podía ver al grupo de acusados. Los conocía a todos. Habían sido figuras destacadas en la lucha contra Batista. Valientes y sinceros. Nada de lo que decía la acusación era cierto. Además, no habían pruebas contra ellos, solamente las palabras del fiscal.

Cuando le llegó su turno, el abogado defensor se incorporó, pero al comenzar a hablar sus palabras fueron ahogadas por el sonsonete terrible de ¡Paredón! ¡Paredón! Hizo lo que pudo, pero todo fue inútil. Los acusados fueron condenados a morir fusilados por traidores a la revolución. La sentencia fue apelada.

Esa noche, mientras se quedaba dormido en su cuarto de la Cabaña, José pensaba en tantos de sus compañeros de la lucha contra Batista que por haberse opuesto a la nueva dirección que tomaba el gobierno fidelista se habían convertido en «enemigos de la revolución.» Recordó a los comandantes Humberto Sorí Marín,

---

[4] **Niños góticos**: hijos de familias ricas que ni trabajan ni tienen sentido de responsabilidad.

28

Jesús Carrera Zayas y al americano William Morgan que habían sido fusilados; al legendario Luis Vargas, a los capitanes Sinesio Walsh, Plinio Prieto, Porfirio Ramírez «El Negro» y a otros muchos de sus compañeros del Escambray que también habían sido fusilados por alzarse de nuevo contra la dictadura comunista; recordó al simpático y popular Comandante Camilo Cienfuegos que desapareció misteriosamente; al Comandante Hubert Matos, destituido y condenado a 20 años de prisión; al Comandante Pedro Díaz Lanz y al Capitán Jorge Sotú—cuya foto aparecía en sellos de correo emitidos por el gobierno revolucionario con el título del Héroe del Ubero—que pudieron escapar de la isla-prisión y buscar asilo en los Estados Unidos; al Secretario General de la Federación de Trabajadores de Cuba, David Salvador Manso, encarcelado por oponerse a que los comunistas tomaran el control del movimiento obrero; y a tantos otros revolucionarios que eran persegui-dos, encarcelados o ajusticiados por oponerse al comunismo. El monstruo de la revolución devoraba a sus mejores hijos.

El ruido de la descarga lo despertó sobresaltado. Mientras se vestía apresurada-mente sintió los tiros de gracia. Cuando llegó ya estaban recogiendo los cadáveres. Y como un muñeco roto, con los ojos abiertos vueltos hacia el cielo del amanecer y empapando con su sangre la tierra cubana, estaba el cadáver de Ricardo. La apelación había sido negada. José se inclinó y le cerró los ojos.

Llegó por la tarde. Lo habían mandado para que averiguara las causas de la enorme merma en la producción agrícola de la zona del Escambray. Se sorprendió. Aquella no parecía la misma finca. La casa de vivienda, antes tan limpia y ordenada, ahora estaba sucia y en desorden. Los pisos llenos de salivazos y de colillas de tabacos y cigarros. Un hombre gordo y sucio lo recibió. Era el administrador de la cooperativa. Le informó que al día siguiente a las 7 de la mañana los administrado-res de las otras cooperativas de la zona se reunirían con ellos.

La reunión no tuvo éxito. En lo que todos estaban de acuerdo era en que los guajiros no trabajaban, dejando muchas veces las cosechas pudrirse en los campos. Se les amenazaba, se les castigaba y todo seguía lo mismo. ¡Esa cabrona resistencia pasiva de los guajiros!

Después de la reunión, José, solo, se fue a caminar por la finca. Llegó a la playa asustando a cientos de cangrejos de arena que corrieron a ocultarse. El olor del mar le trajo recuerdos que le hirieron como cuchillos. ¡Qué fácil era equivocarse, pero qué difícil era aceptarlo!

Cuando regresaba se llegó a la casa de uno de los partidarios. Muchas veces había estado allí y siempre lo habían recibido con alegría, pero ahora no fue así. Es verdad que le brindaron café, pero fue por compromiso. La mujer trajo las jícaras y se volvió para la cocina. En silencio los hombres bebieron el líquido negro y amargo. Parecía que entre ellos se alzaba una cerca, más dura que las tablas de palma de que estaba hecho el bohío.

Al fin José rompió el silencio.

—¿Qué pasa con la finca? ¿Dónde está el ganado? ¿Y las siembras? ¿Qué les pasa a todos?

El hombre no respondió. Se quedó mirando el suelo de tierra. Pero la mujer, viniendo de la cocina, le dijo a José tristemente:

—Ahora todo es distinto. No es como antes.

—¿Por qué? ¿Qué pasa? —volvió a preguntar José—. ¿Dónde está el ganado?

—Todo se acabó —dijo finalmente el hombre rompiendo el silencio—. Tú sabes que ésta era una de las mejores fincas ganaderas de la provincia. Pues bien, en los primeros días después del triunfo de la revolución el propio Fidel ordenó que se mataran los sementales—que tantos premios habían ganado—y que la carne se repartiera entre los guajiros, pues éstos tenían ahora el derecho de comer filete. ¿Por qué hicieron eso? Esos animales eran muy buenos y al matarlos se perdió algo muy valioso. ¿No era mejor dejarlos vivos para seguir mejorando el ganado? En definitiva, ¿cuántas personas comieron de esa carne y por cuánto tiempo? Pero eso no fue todo, después se llevaron todos los animales. Dijeron que había que convertirlos en divisas. El día que se repartieron las tierras y se establecieron las cooperativas en la zona, Fidel vino. La tierra era ahora del que la trabajaba, no más latifundios, no más señorones. Y él personalmente entregó los títulos de propiedad. Después se fue. Al día siguiente llegó el administrador. Había que arar los potreros para sembrar arroz que era lo que se necesitaba. Pero, José, tú bien sabes que estas tierras no sirven para arroz y la cosecha se perdió, fue un fracaso. Cuando vieron que no se podía producir arroz, cambiaron para trigo, y después para café, pero por supuesto, eso también fracasó, como tenía que ser. Y ahora lo poco que produce la finca es para el gobierno. Y se nos prohibe quedarnos con algo. Hay que entregarlo todo. Algunos que no lo hicieron así, fueron acusados de contrarrevolucionarios y castigados. Otros de nosotros, cansados de tanta miseria, decidimos irnos de aquí, pero el administrador nos dijo que no podíamos irnos, que como la tierra ahora era nuestra, teníamos que quedarnos y cultivarla, que estábamos obligados a trabajar por la revolución que tanto nos había dado. Algunos quisieron vender su parte, pero se les dijo que lo que la revolución había dado no podía venderse. Y así estamos, amarrados aquí por un papel que no nos deja movernos, sin derecho a nada, y obligados a trabajar para un gobierno que no sabe lo que hace, que nos paga lo que quiere por nuestros productos los que luego nos vende en las «tiendas del pueblo» por un precio cuatro o cinco veces más alto del que nos pagó. ¿Crees que es justo? Antes, por lo menos éramos libres de irnos cuando queríamos y de disponer de lo poco que teníamos, pero ahora nada nos pertenece. No somos dueños ni de nosotros mismos. ¡Coño, no me extraña que tantos se hayan alzado en toda la zona!

José no respondió. No tenía nada que decir. Se despidió y salió de la casa. Y allí, frente a él, en los campos, donde antes la yerba de guinea y la pangola ondulaban a la brisa como un mar verde, ahora solamente se veían algunos matojos raquíticos que crecían en la tierra seca y árida.

En un caserío, al pie del Escambray vio a un grupo de alzados que habían sido capturados el día anterior. Eran guajiros, guajiros como él, ni latifundistas ni parásitos. Hombres con las manos endurecidas y llenas de callos por el trabajo del campo. Vestidos con zapatos de vaqueta y sombreros de guano. Esa tarde los fusilaron y después colgaron sus cadáveres de unos árboles como advertencia.

Por una ventana de la sala vio llegar a los del G-2. Corrió hacia el baño y al entrar le puso el pestillo a la puerta.

Desde que decidió unirse al grupo contrarrevolucionario, sabía que en cualquier momento podía ser detenida y se había preparado para una situación así. Nunca había aceptado ser miliciana y por ello no había podido continuar sus estudios en la universidad. Durante la lucha contra la dictadura de Batista había trabajado incansablemente por el triunfo de la revolución, «su revolución» como acostumbraba decir. Pero cuando comenzaron los ataques contra la iglesia y contra todos los que no se alinearan dentro de las filas comunistas, se dio cuenta que había cometido un gran error. Su revolución «tan cubana como las palmas» estaba siendo entregada por Fidel Castro al comunismo internacional. Fidel y su cuadrilla acusaban incansablemente a los Estados Unidos de imperialismo y se vanagloriaban de haber rotos las cadenas que unían a Cuba con el coloso americano. Según ellos Cuba dependía económicamente de los Estados Unidos y había llegado el momento de terminar esa dependencia y para hacerlo lo mejor había sido establecer relaciones estrechas con los países del bloque soviético. Preguntó a su padre y él le dijo que él también tenía las mismas dudas, que no podía ver la lógica de terminar el beneficio económico que significaba tener el mercado norteamericano abierto a los productos cubanos. Pero había que dar el beneficio de la duda al líder de la revolución y esperar a ver lo que pasaba.

Y pronto les llegó la respuesta final. Primero poco a poco y después en grandes cantidades comenzaron a llegar «técnicos» de los países comunistas. Y pronto muchos de ellos llevaban uniformes militares, especialmente soviéticos. Fidel se apoderó de todas las propiedades norteamericanas que con un valor de más de mil millones de dólares habían en Cuba; cortó todo tipo de relaciones con los Estados Unidos y entregó el país a la Unión Soviética para que le sirviera de base militar y para operaciones de espionaje. Ahora si existía una dependencia con relación a otro país que llegó a ser total en muy poco tiempo. La prosperidad económica que Cuba había disfrutado se convirtió en algo del pasado. La regla de compra y venta se hizo totalmente unilateral: había que vender los productos cubanos y comprar los que se importaban de la Unión Soviética al precio que ésta fijaba. Y mientras más se importaba más se cerraba el cerco de dependencia. En los primeros momentos del triunfo de la revolución los más altos funcionarios del gobierno, comenzando por el propio Fidel, habían atacado duramente «el monocultivo del azúcar» que consideraban responsable de muchos de los males que había padecido el país. Miles de caballerías dedicadas a la siembra de caña de azúcar fueron destruidas y se sembraron en su lugar diferentes productos, especialmente arroz, sin tener en cuenta que las tierras que son buenas para la caña, no sirven para el arroz. Y después vino el fracaso con el café. Se sembró café en todas partes: en los campos, en los parques, junto a las aceras y hasta en los patios y jardines de las casas. Cuba sería el mayor productor de café del mundo. Pero el café necesita tierras y condiciones especiales y no hubo ninguna cosecha, todo se perdió. Y así, debido a la increíble obstinación e incapacidad de Fidel, un fracaso era seguido de otro. Al fin un día el líder máximo hizo un gran descubrimiento: ¡La tierra y el clima de Cuba eran ideales para el cultivo de la caña de azúcar! Y el gobierno rápidamente dispuso que se volviera a sembrar caña de azúcar en los mismos terrenos en que unos pocos años antes había ordenado que se destruyera. Pronto la producción de azúcar comenzó a ser cambiada por petróleo y artículos soviéticos. Y como de costumbre éstos fijaban los precios del azúcar que recibían y también del petróleo y de los otros artículos que entregaban. Y muchas veces los mismos barcos que recogían el azúcar en Cuba la vendían en otros países obteniendo un beneficio económico enorme para la Unión Soviética. Pero de acuerdo con Fidel y los suyos, Cuba se había independizado del imperialismo económico norteamericano y los cubanos debían sacrificarse y estar eternamente agradecidos a sus hermanos del Kremlin que tanto los estaban ayudando. No importaba que ahora la tierra de Martí y de Maceo, dependiera por entero, política y económicamente de lo que los jerarcas soviéticos disponían en Moscú a miles de millas de distancia.

Y constantemente se le decía al pueblo que el triunfo completo de la revolución estaba al doblar de la esquina y que cuando llegara ese momento todos iban a tener cuanto necesitaran y quisieran. Y mientras el pueblo cada día tenía menos, los jerarcas del gobierno cada día tenían más. Vivían como reyes, sobrándoles de todo. Y también vivían así los técnicos y militares del bloque soviético y los turistas, especialmente de países comunistas, que venían a disfrutar en Cuba de lo que carecían en sus propios países.

Esa no era **su** revolución. Recordaba como se habían presentado Fidel y los suyos el 5 de enero en la Habana. Todos llevando al cuello escapulario y rosario. Le parecía estar oyendo el famoso discurso del campamento de Columbia en el que Fidel había denunciado la violencia con su famosa frase **¿Armas para qué?** Pero mientras hablaba así, y «la blanca paloma de la paz se le posaba en el hombro,» ya habían empezado a funcionar los pelotones de fusilamiento. ¡Cómo la había engañado! Poco después comenzaron los ataques contra la iglesia. Todos los días, especialmente los domingos, desde muy temprano, se agrupaban junto a las puertas de las iglesias pandillas de verdaderos zafios que se dedicaban a injuriar y agredir a los que entraran o salieran de los templos. Y lo más irónico era que cuando se producían altercados y llegaba la policía, se llevaba presos a los fieles que habían asistido o intentado asistir a la celebración de los actos religiosos, acusándolos de haber alterado el orden público. El populacho, que primero se había congregado frente a palacio a aclamar a Grau San Martín, después a Prío y más tarde a «Marta del Pueblo,» era ahora el «leal» defensor de la revolución comunista contra los ataques de los «vende patria» contrarrevolucionarios.[5]

Y con la misma dedicación sincera con que había luchado por la revolución comenzó a luchar contra los asesinos que la habían traicionado. Pero ahora la cosa era distinta. Cuando Batista estaba en el poder, siempre había oportunidad de encontrar a alguien que pudiera ayudar. Ahora no. Nadie quería señalarse. Y la vigilancia era constante. Los «comités de vigilancia» establecidos en cada cuadra de cada calle de cada pueblo o ciudad estaban alerta día y noche. Y los miembros de esos comités tenían amplias facultades para castigar a quienes creían culpables de haber actuado en contra de los intereses de la revolución. Podían entrar en las casas cuando quisieran, interrogar a cualquier persona, decidir si merecía ser castigada e imponerle el castigo que creyeran conveniente: podían retirarle la libreta de racionamiento por el tiempo que les pareciera bien hacerlo, impidiéndole obtener los alimentos a que tenía derecho; podían hacer abandonar, a esa persona y a su familia, la casa donde vivían, y podían llevarla y acusarla ante la policía de actividades contrarrevolucionarias. Y para los tribunales, la acusación de los miembros de los comité de vigilancia era prueba suficiente de culpabilidad. Los acusados no tenían defensa. La condena podía variar de unos meses en prisión, hasta pena de muerte. No se podía confiar en nadie, un comentario mal interpretado o maliciosamente interpretado, podía llevar a cualquiera a la cárcel o al paredón. Los padres temían hablar en presencia de sus hijos, los hermanos desconfiaban unos de otros, era muy difícil confiar en alguien. Pero al fin, a través de una prima que era como hermana suya, se unió a una organización clandestina que luchaba contra la dictadura comunista. El lugar mejor para reunirse era la playa, donde era muy difícil que pudieran ser espiados. Y aún así tenían mucho cuidado. Tuvo suerte y durante muchos meses ayudó en todo lo que pudo, especialmente llevando mensajes, que algunas veces salvaron la vida a algún compañero de la resistencia. Y fue entonces cuando lo conoció en una fiesta de cumpleaños en casa de una amiga. Desde un principio simpatizaron y en los días siguientes a la fiesta hablaron por teléfono a menudo. Pero en la vida de él había algo misterioso. Un día en una conversación, él le dijo que era mejor que no supiera mucho de él. Y como se vivía en un mundo de reservas, ella comprendió. Poco después se hicieron novios. Deseaba traerlo a la organización pero antes de hacer nada quiso consultar con el jefe de la célula a la que ella pertenecía—siguiendo el sistema de los «maquis» franceses durante la ocupación alemana, las organizaciones clandestinas en Cuba se habían organizado en forma celular. No más de cinco personas pertenecían a una célula. Así en caso de ser detenidos, solamente un pequeño grupo podía ser identificado.

El jefe de su célula revolucionaria, que había sido por muchos años compañero de trabajo de su padre en la textilera de Ariguanabo, en Bauta, aunque tenía gran

---

[5] **Marta del Pueblo**: Así llamaba el pueblo a la esposa del Presidente Batista.

confianza en ella, sabía que lo más importante era la seguridad de todos y por lo tanto le pidió que esperara un poco antes de hablar de ellos con su novio. Quedó un poco desencantada, pero comprendió que debía esperar, porque en definitiva no sabía mucho de él. Ya se presentaría la oportunidad más adelante. Y además, tenía la seguridad que él estaba envuelto en las mismas actividades que ella y no le había dicho nada. Un día fue detenida por agentes del G-2[6]. La llevaron a una oficina en el reparto Miramar. Allí la interrogaron por largo tiempo sin que pudieran sacarle nada. La habían detenido por ir a menudo a la iglesia y querían que les dijera que se reunían allí para conspirar contra el gobierno. Comprendió que no sabían nada de sus verdaderas actividades clandestinas lo que la hizo sentirse más tranquila. Habían terminado de interrogarla una vez más cuando llegó su novio. Al verlo se horrorizó pensando que por culpa de ella se veía envuelto en una situación tan peligrosa. Antes de pensar en lo que decía gritó:

—¡Él no sabe nada, nunca le he dicho nada a él!

Comprendió inmediatamente que había cometido un error fatal.

—Mira la mosquita muerta—dijo el jefe del grupo que la estaba interrogando—. ¿Y qué no le has dicho a él?

Dirigió la mirada a su novio y vio que éste sonreía. Como de muy lejos le oyó decir:

—Déjala que yo me ocuparé de ella.

Y como si viniera de otro mundo vio como el interrogador se levantaba mientras decía:

—Buena suerte, teniente—y después, muerto de risa continuó—. Fíjese que no la he tocado, se la dejo enterita.

Creyó que el corazón se le salía del pecho, y un temblor que no podía controlar la sacudía espasmódicamente.

Volvió la vista hacia su novio y vio que se acercaba a ella. Cuando estuvo a su lado la agarró bruscamente por los hombros. Por un momento pensó que se iba a desmayar, pero algo en su interior la hizo reaccionar. Mirándolo a la cara le dijo:

—Qué tonta he sido, dejarme engañar por un ser tan miserable como tú...

No pudo continuar. La mano de él se levantó y le pegó en la boca con furia. Sintió como la sangre le corría del labio partido.

—Mira, monjita. Es mejor que me digas todo lo que sabes pues si no lo haces te va a costar muy caro. Siempre sospeché que estabas metida en la contrarrevolución pero no pude sacarte nada. Ahora tienes dos caminos: o hablas o vas a pasar la noche con un grupo de presos que están en una celda en el patio. Son delincuentes vulgares y llevan mucho tiempo sin tener una mujer. Puedes estar segura que se darán un banquete contigo.

---

[6] Aunque en otros países el G2 es una rama del ejército. En Cuba se designa así una policía política similar a la Lubianka de la Unión Soviética.

Cerró los ojos y apretó la boca. Sintió las manos de él destrozarle la ropa. Al principio trató de defenderse, pero él la golpeó sin piedad. Y allí, en el suelo, la violó. Y después llamó y se la dio a todos los demás. Perdió las fuerzas y los dejó hacer, sin decir una palabra. Cuando se cansaron de ella y como no había hablado, el teniente Díaz, el que había pretendido ser su novio, la arrastró hasta el patio y la empujó dentro de una celda en la que habían encerrado a varios delincuentes.

—Aquí tienen carne fresca, disfrútenla. Mañana venimos por ella.

Y diciendo esto, cerró la puerta y la dejó allí.

Por la mañana cuando fueron a buscarla estaba inconsciente. La pusieron en una habitación sola y varios días después la dejaron ir. No le sacaron ni una palabra.

Estuvo en su casa varios días. Con la única persona que habló fue con su prima, a quién le contó todo lo que le habían hecho. Y mientras le hablaba tenía los ojos secos y sin expresión.

Esa tarde los vio llegar de nuevo. El que la había interrogado, seguido de dos agentes. Cuando el padre abrió la puerta le pusieron una metralleta en el pecho.

—¿Dónde está tu hija?

—¿Qué quieren ahora? ¿La van a seguir atormentando?

No le contestaron. Lo empujaron y lo obligaron a sentarse. Comenzaron a buscarla por toda la casa. Cuando llegaron a la puerta del baño, sintieron un olor extraño. Trataron de abrir pero no pudieron. Uno de ellos golpeó la puerta con la culata del arma hasta que hizo saltar el pestillo. Y allí estaba ella, en cuclillas dentro de la bañadera. Se había rociado el cuerpo con una botella de alcohol y estaba quemándose viva. En silencio, sin articular un sonido ni dar un grito.

Todos sus amigos de la clandestinidad fueron al entierro.

Unos días después un joven, casi un niño tocó a la puerta de la casa del teniente Díaz. Contestó una mujer, y cuando el jovencito le dijo que traía un recado para el teniente, volvió la cabeza y lo llamó. El teniente salió y al ver al jovencito le preguntó ásperamente:

—¿Quién eres? ¿Qué quieres?

El periódico que tenía el jovencito en la mano pareció explotar. El teniente recibió el primer plomo calibre 45 en el pecho. El impacto lo hizo caer contra la puerta que se abrió completamente detrás de él. Antes de llegar al suelo había recibido cuatro balazos más y estaba muerto. Nunca supo quien era el joven.

Cuando empezaron a patrullar las aguas cerca de Casilda, para evitar que llegara ayuda a los contrarrevolucionarios del Escambray, José fue asignado a una de las lanchas checas, pues nadie conocía esas costas como él. Como la palma de la mano. Conocía todos los recovecos e irregularidades por muchas millas hacia abajo y hacia arriba de Casilda. Los mandaba un ruso que hablaba un poco de español. Era un hombre grande y cruel, que había ganado sus grados de sargento y de teniente en Berlín, Hungría y en Checoslovaquia, torturando con placer a todos los infelices que sus jefes le señalaban.

Un día sorprendieron un catamarán tratando de llegar a la playa. Iban dos tripulantes. Los motores eran tan silenciosos que por poco se les escapa, pero cuando arrojaron parte de la carga al agua, el ruido los descubrió. En el instante en que el reflector los iluminó, la calibre cincuenta de la lancha checa, manejada por el capitán ruso, comenzó a vomitar su fuego de muerte. Unos instantes después, solamente quedaban algunos pedazos de plástico flotando en las quietas aguas. Y ahora habían tenido la confidencia que un grupo de «gusanos» pensaba escaparse por mar. Como ya hacía tiempo que no se veían alzados por esa zona, tal vez creyeran que la vigilancia había aflojado. El capitán de la patrullera estaba fuera de sí de contento. ¡Los hijos de puta iban a llevarse la gran sorpresa!

IV

El negro se acercó. En las orejas de coliflor y la nariz chata, se adivinaba al boxeador.

—¿Crees que se demoren? —le preguntó en voz muy baja a José.

Éste se encogió de hombros. No tenía ganas de hablar. De todos los demás tripulantes, el negro era el que le caía mejor. Siempre haciendo cuentos de cuando por poquito gana el campeonato mundial. Ahora estaba medio «punch drunk» y a veces los otros golpeaban fuertemente una lata cuando estaba dormido para reírse al ver como brincaba pensando que estaba en el cuadrilátero. Pero el negro no se ponía bravo, aunque a veces a José le parecía ver un relámpago de tristeza en sus ojos hundidos.

Se llamaba Plácido, como el padre. Nació en Quiebracha, un caserío junto al ingenio San Ramón, cerca del puerto del Mariel. El padre había sido guardia rural y policía en el Mariel y los hermanos mayores trabajaban en el ingenio. El padre cuidaba gallos finos y los domingo el muchacho lo acompañaba a coger el ómnibus para Guanajay o el Mariel, cargando con cuidado las fundas de tela donde iban los gallos. Y cuando regresaba ya de noche, algunas veces las fundas venían vacías. Pero otras veces no y el padre venía contento, contando como el pinto le había partido la «ollita» al jerezano del administrador de la Zona Fiscal, o al bolo del médico, matándolo al tiro.

Cuando Plácido tuvo edad suficiente, a él también le tocó trabajar en los cañaverales. Pero pronto se cansó. La mocha no le gustaba. Había oído decir que los estibadores que cargaban los sacos de azúcar ganaban buen dinero, y como era alto y fuerte para su edad, trató de hacerse estibador. Por pasar un buen rato, los encargados de la estiba lo dejaron que probara. Cuando las trescientas veinticinco libras del saco de azúcar le cayeron en la espalda, las piernas se le doblaron y fue a parar al suelo. Suerte tuvo que el saco no le cayera arriba y le rompiera un hueso. Muertos de risa le dijeron que volviera dentro de cinco años, cuando hubiera crecido más y ganado cincuenta libras.

Como allí, con la excepción de cortar caña, no había nada que hacer, decidió irse para la Habana. Habló con su padre y éste le dijo que si eso era lo que quería que lo hiciera pero que nunca olvidara que donde quiera que estuviera él, siempre tendría un plato de comida y una cama. Una vez decidido, le fue fácil irse pues constantemente estaban pasando por la carretera camiones que venían de Cabañas y Bahía Honda con rumbo a la capital. Se subió a uno que manejaba un amigo del padre y así llegó al Mercado Único en la Habana. Al principio el ruido y el movimiento de la ciudad lo aturdieron, pero como sentía hambre comenzó a buscar algo de comer. Tenía muy poco dinero y no conocía a nadie, pero eso no le preocupaba.

Caminando por una calle se encontró con un grupo de muchachos vendedores de periódicos. Se unió a ellos. Los había de todos los tamaños y razas. Los ojos por poco se le salen de las órbitas la primera vez que los vio en acción. Lo mismo subían que bajaban a un ómnibus que iba a gran velocidad en medio del tráfico. Pensó que él nunca podría hacer una cosa así. Pero lo intentó, primero sin periódicos. Dos veces fue a parar a la Casa de Socorro, todo averiado y con la cabeza partida, pero gracias a Dios sin ningún hueso roto ni nada grave. Y por fin logró hacerlo. Y después no había ninguno más rápido que él. Había hecho amistad con Pucho. Pucho era bajito y gordo, y como le costaba trabajo correr y saltar, vendía los periódicos por las calles y a las puertas de los edificios de oficinas. Ya tenía muchos clientes que lo esperaban y no le compraban a otro vendedor. Un día todos los muchachos fueron a buscar la última edición al lugar donde el camión dejaba los periódicos. Había una noticia importante de última hora. ¡El Almendares le había ganado al Habana en el último «inning»! Ese día los periódicos se venderían como pan caliente. Cuando se habían repartido los paquetes de periódicos, un tipo grandote y bravucón, que había llegado tarde, trató de quitarle los de Pucho. Cuando éste se resistió, el otro le dio un empujón y lo tiró al suelo. Los otros muchachos miraron por un momento, pero pronto volvieron a la tarea de acomodarse bajo el brazo las bolsas con los diarios. Conocían al «Grande» y sabían que ese día el gordito no tendría periódicos. Mala suerte para él. Pero no había nada que pudieran hacer. Cuando Pucho se levantó del suelo, ya el «Grande,» con los periódicos bajo el brazo, estaba listo para arrancar. Pucho trató de quitárselos, pero el otro, le dio un tremendo bofetón, que lo lanzó contra una pared cercana, echando sangre por la boca y la nariz. Y no contento con eso el «Grande» le fue arriba pegándole sin compasión. Los pocos que quedaban allí miraban, pero sin atreverse a hacer nada. Ese no era su problema, y además el «Grande» era el más fuerte de todos y tenía muy mal genio. Esa tarde le había tocado la de perder a Pucho.

Plácido ya había saltado a un ómnibus cuando oyó a una pasajera gritar:

—¡Abusador, no le pegues más que lo vas a matar!

Volvió la cabeza y vio a Pucho contra la pared y al «Grande» dándole sin compasión. Si rápido había subido al ómnibus, más rápido se bajó.

—Déjalo, no le des más —le dijo al «Grande» mientras le aguantaba el brazo.

El otro se viró lleno de furia y al ver a Plácido le dijo:

—¿Y a ti quién te mete, negro de mierda?

Pero como Plácido no le soltaba el brazo, el «Grande» le dio un pujón al tiempo que le decía:

—Tú también me caes mal y mejor no te metas en lo que no te importa, no te vaya a pasar lo mismo. No hay negro guapo ni tamarindo dulce. Vete al coño de tu madre.

La mano del negro se alzó como una serpiente furiosa y golpeó fuertemente al otro en la boca.

—Cabrón, ya verás —le gritó el «Grande» escupiendo sangre y le fue para arriba, pero ya allí no había nadie.

Moviendo los pies con una agilidad increíble el negrito parecía estar en todas partes al mismo tiempo, pero nunca donde dirigía sus golpes el «Grande.» Pero los puños negros sí encontraban una y otra vez la cara del otro. Los vendedores que quedaban dejaron lo que estaban haciendo y formaron un círculo y algunos transeúntes se acercaron a ver lo que pasaba. Y allí vieron a un negrito espigado y delgado que se movía con la rapidez del rayo y la gracia de un bailarín de ballet, dándole una lección de boxeo a otro muchacho que le llevaba casi un pie de estatura y por lo menos treinta libras de peso.

Cuando el policía llegó, ya todo se había acabado. El «Grande» estaba sentado en el suelo, todavía mareado, con los ojos casi cerrados por los golpes y la boca y la nariz rotas y ensangrentadas. Los otros vendedores, vueltos a sus asuntos, se alejaban comentando entre risas y pullas la pateadura que le había dado el negro al «Grande.» Y a la mitad de la cuadra, Plácido y Pucho se alejaban. Y colgados bajo el brazo, Pucho llevaba sus periódicos.

Pucho vivía con su abuela cerca del Cotorro, pero como el viaje era tan largo, pasaba la mayor parte del tiempo en la Habana, durmiendo casi siempre en los portales del edificio donde los camiones dejaban los periódicos, para estar allí cuando llegaran. Y como Plácido no tenía casa ni a dónde ir, se quedaba allí con él y algunas veces los domingos se iban los dos a pasar el día en el Cotorro, en casa de la abuela.

Un día Pucho le dijo a Plácido:

—Sabes que he estado pensando que tú debías meterte a boxeador. El otro día vi una fotografía de Kid Chocolate y te pareces mucho a él.

—Pero es que a mí no me gusta pelear. Lo hago cuando me arrinconan y no me queda más remedio.

—¿Pero sabes lo que gana un boxeador? Si es bueno, gana el dinero a puñaos, y tú eres bueno. Mira cuanto ganaban Chocolate y «Yo Luis» en cada pelea.[7]

Cierto tiempo después la sección deportiva del periódico organizó un campeonato para mandar una representación a los «Guantes de Oro.» Pucho convenció a Plácido a que entrara y éste ganó con extraordinaria facilidad. Y lo mismo en el campeonato de su peso en los «Guantes de Oro.» Quedó invicto.

---

[7] **Yo Luis**: Pronunciación fonética del nombre de Joe Louis, posiblemente el mejor campeón mundial de peso completo que ha existido.

Un viejo cronista de boxeo, que había visto la madera de campeón del muchacho, habló de él con un entrenador a quien conocía desde hacía tiempo. Después de ver al muchacho en el cuadrilátero, el entrenador decidió prepararlo para que se hiciera profesional. Lo llevó a vivir a su casa. No más venta de periódicos. Pero las horas interminables del entrenamiento eran aún más duras que el saltar de ómnibus en ómnibus. A veces Placido recordaba con nostalgia sus días de vendedor de periódico, aunque sabía que ya era muy tarde para echarse atrás.

Desde la primera pelea, el público comenzó a fijarse en él. Parecía un fantasma en el cuadrilátero. Pero sus guantes siempre daban en el blanco. Y por fin llegó la gran oportunidad, ir a pelear en los Estados Unidos. Allí también su clase se impuso y pronto su nombre apareció en las más importantes publicaciones de boxeo. Subiendo, siempre subiendo. Su entrenador y empresario lo quería como a un hijo y era honrado con él. El dinero que les quedaba en cada pelea lo iban invirtiendo en propiedades en Cuba. Había que pensar en el futuro, pues aunque Plácido parecía pensar que siempre seguiría subiendo, él empresario sabía que llegaría el día de la bajada. Y Pucho, que quería a Plácido como a un hermano y que actuaba como auxiliar del manager, también sabía eso. Ya él había comprado una casita en Luyanó con sus ahorros, e instaba a su amigo para que invirtiera su dinero en propiedades en la Isla. Antes de empezar a prepararse para la pelea por el campeonato, fueron a pasarse una semana en la Habana. Fueron recibidos como héroes. Lo primero que Plácido compró fue una casa para sus padres en Quiebracha. Y esa misma noche el abogado que estaba a cargo de sus negocios, fue a visitarlos. Les habló de la corrupción en el gobierno, de los crímenes y abusos de la dictadura y que eso no podía durar mucho más. Y por último, dirigiéndose a Plácido le dijo que él podía ayudar mucho. Pero llegaron otros y no se trató más del asunto.

En la Habana no se hablaba más que de la revolución y sobre todo de Fidel Castro, el joven abogado del partido Ortodoxo que el 26 de julio de 1953 había dirigido el ataque al cuartel Moncada de Santiago de Cuba y que después de haber estado preso en Isla de Pinos por dos años había sido puesto en libertad y se había marchado a los Estados Unidos y a México, de donde salió para desembarcar en las costas de Oriente en diciembre de 1956 al frente de una expedición de 80 hombres. Había venido a salvar la república de los malos gobernantes, para hacer realidad el sueño de Martí de «Una Patria libre, soberana e independiente».... «que fuera ara y no pedestal.» Plácido oía todo esto, y aunque habían muchas palabras que no entendía, sabía que era cierto que habían injusticias y abusos y por esto se comprometió a ayudar a la revolución como pudiera.

La noche de la pelea por el campeonato en el Madison Square Garden, después que tocaron el himno cubano, unos cuantos jóvenes saltaron al cuadrilátero y abrieron ante las cámaras de televisión la bandera roja y negra del 26 de julio.

La pelea fue dura, pero Plácido se fue imponiendo al campeón, y ya en el «round» 13 tenía tantos puntos de ventaja que no podía perder sino por «knock-out». En ese asalto, el campeón recibió un golpe durísimo en la cara que lo lanzó contra las sogas con la guardia caída. El griterío era ensordecedor y Plácido se lanzó a rematar y al hacerlo abrió la guardia para dar el golpe de gracia. Y de pronto, por entre la guardia abierta entró el puño izquierdo del campeón estallando salvajemente en el hígado del cubano. Cogido completamente de sorpresa, Plácido sintió un dolor espantoso y como las piernas no lo sostenían se desplomó en medio del cuadrilátero. Se levantó con dificultad al contar el árbitro ocho, pero cuando la pelea se reanudó el campeón se le vino encima lanzándole una verdadera lluvia de combinaciones de derechas e izquierdas a la cara y al cuerpo. La boca se le llenó de un sabor como si la tuviera llena de quilos prietos, y al abrirla buscando el aire que le faltaba, un buche de sangre le manchó el pecho y hasta los zapatos blancos. El árbitro se metió entre los dos peleadores deteniendo la pelea y tuvo que aguantar a Plácido para que no cayera. Con la ayuda del entrenador, lo llevaron a su esquina, donde ya esperaba el médico. Tenía una herida enorme dentro de la boca y el golpe al hígado había afectado sus piernas de tal forma que casi no podía caminar y se le hacía difícil respirar. Pero lo peor fue ver como el árbitro le alzaba el brazo a su adversario. ¡Haber estado tan cerca y perder en el último minuto! Ya en el cuarto de vestir, recibió la visita de los dirigentes del 26 de julio en Nueva York, que venían a agradecerle que les hubiera dado la oportunidad de mostrar al mundo cuan seria era la rebeldía contra Batista.

Como los representantes del campeón no tenían la menor intención de que éste se metiera de nuevo en un cuadrilátero con Plácido, siempre que se les hablaba de darle la revancha al cubano, se excusaban diciendo que «tenían otros compromisos.» Cansados de esperar, Plácido y los suyos se marcharon a Europa. Y allí los periódicos se llenaron con la historia del joven atleta que había renunciado a volver a su patria mientras en ella hubiera una dictadura. Y en las peleas, Plácido siempre llevaba los colores de la revolución, rojo y negro y en la espalda de la bata la fecha «26 de julio.»

Regresó a los Estados Unidos, pero los excesos que había cometido en Europa comenzaron a cobrar su tributo. Aunque parecía tener la misma rapidez de antes en los primeros asaltos, después era como si las piernas se negaran a obedecerlo. Pero a pesar de todo, aunque los reflejos ya no fueran los mismos, seguía ganando. Y también el castigo que recibía en cada pelea era cada vez mayor. Pucho y el entrenador querían que se retirara, pero él no les hacía caso. Quería ser campeón. Y al fin tuvo la oportunidad de pelear por el campeonato. En los primeros asaltos, moviéndose en el cuadrilátero como un fantasma, parecía ser el mismo de antes. Pero después fue una verdadera carnicería. Solamente el coraje y el espíritu mantenían a Plácido de pie, pero los puños del campeón no descansaban y finalmente el árbitro detuvo la pelea. Lo último que se vio de él en las pantallas de televisión cuando se alejaba sostenido por sus amigos fue la bata roja y negra, salpicada de sangre, con un «26 de julio» bordado en la espalda.

Poco después se retiró; aquella noche había sido el fin. Nunca se recobró de los golpes que recibió. Y ahora cuando oía un timbre o un golpe metálico saltaba como si estuviera en el cuadrilátero. De las propiedades que tenía en Cuba recibía todos los meses una cantidad que le permitía vivir sin lujo, pero sin necesidades. Pucho había abierto una fonda criolla en el barrio latino de Nueva York, y allí comía todos los días, recordando con su amigo los buenos tiempos.

Cuando ganó la revolución, Plácido se sintió contento y quiso volver a Cuba. Por haber ayudado a la revolución y por su experiencia en el cuadrilátero le dieron un puesto en el Palacio de los Deportes como entrenador de boxeo. Con su sueldo y lo que recibía como alquiler de las propiedades que había comprado, no tenía problemas económicos. Pero un día llegó la *Reforma Urbana* y ya sus casas no fueron suyas. Se le explicó que todo se arreglaría, que tuviera paciencia y que seguiría cobrando mensualmente por las propiedades que le habían quitado. Al principio fue así, pero como después comenzaron a demorarse en los pagos, fue a protestar. Por poco sale preso. El barbudo con quien habló le dijo que allí nadie tenía derechos si no había estado jugándose el pellejo en las montañas y que mientras él estaba en los Estados Unidos y en Europa viviendo de chulo como un rey, ellos habían estado pasando trabajos y miserias.

—Pero yo ayudé a la revolución —protestó Plácido.

—¡Oh, sí! ¡Ayudaste mucho, dejándote noquear por el americano como todo un maricón. Todavia recuerdo los cinco pesos que perdí por tu culpa.

Si los dos guardias no intervienen hubiera matado al barbudo. Lo sacaron de allí a la fuerza y le dijeron que si volvía lo meterían en la Cabaña.

¿Cómo podían hacerle eso? Él nunca había robado. Había ganado lo que tenía peleando como un hombre. Pero tal vez ellos tuvieran razón y todo cambiaría. Tenía que cambiar.

Para mantener su puesto en el Palacio de los Deportes tuvo que hacerse miliciano. A él nunca le habían gustado esas cosas, pero no le quedó más remedio que aceptar. Y después, cuando llegaron los entrenadores de boxeo rusos y no querían saber nada del entrenamiento americano, lo mandaron para la marina. Seis meses hacía que pertenecía a la tripulación de la lancha. Por lo menos allí estaba tranquilo. Aunque algunas veces, cuando estaba durmiendo y alguien dejaba caer alguna lata contra el acero de la lancha, lo despertaba el ruido creyendo que estaba peleando y los demás se reían. Pero eso no le importaba. Y allí estaba José. Serio y callado. Un hombre de verdad. Una noche que estaban los dos de guardia, habían oído un ruido. José, que iba al timón, le dijo que alumbrara con el reflector a ver que pasaba. La luz cayó directamente sobre una embarcación llena de hombres, mujeres y niños que trataban de huir. Y Plácido pensó que a él también le gustaría largarse. Rápidamente movió el haz de luz y el bote no se vio más. Volviendo la cabeza le dijo a José con indiferencia:

—No es nada, un pescado que brincó.

Pero al encontrar los ojos del otro comprendió que él también había visto. No cambiaron ni una palabra. José torció el rumbo y la lancha se alejó en dirección opuesta a la que llevaba la embarcación.

Pero esta noche era distinto, ya que todo el mundo estaba despierto y alerta, sobre todo ese cochino ruso, que no hacía más que tragar alcohol como si fuera agua y maldecir del calor de Cuba e insultar a todo el mundo. Y sobre todo hacer alarde de que cuando llegaban al puerto, mientras los cubanos tenían que ir a comer en la casa o en la fonda lo que hubiera, y nunca había suficiente, él se iba a los restaurantes en los que solo podían entrar «ellos,» y en los que se comía muy bien y todo lo que uno quisiera.

Y cuando en el radio y la televisión se hablaba de discriminación y de injusticias en los Estados Unidos, Plácido no dejaba de pensar en las largas colas que los cubanos tenían que hacer tratando de conseguir comida, ropa, o cualquier cosa que hubiera, y como casi siempre, después que los primeros salían del establecimiento con algo, la poca mercancía se acababa y los que quedaban se tenían que ir con las manos vacías. A hacer otra cola y a esperar de nuevo. Y pensaba en los hoteles, restaurantes, tiendas y almacenes, cuyas puertas estaban cerradas a los cubanos, pero bien abiertas para los altos jerarcas del gobierno y para los «técnicos» comunistas—como el capitán—y turistas extranjeros que no tenían que hacer cola y podían comprar todo lo que quisieran. Y acababa con dolor de cabeza, ya que mientras más pensaba, menos entendía.

Rosita era alumna del Instituto de Matanzas cuando Batista dio el golpe de estado el 10 de marzo de 1952. Muy joven e idealista repudió el golpe de estado considerando que se había violado la constitución cubana. Cuando se comenzó a organizar el Movimiento 26 de julio fue una de las primeras en unirse al mismo en la ciudad de Matanzas. Y desde entonces trabajó incansablemente por el triunfo de la revolución. El primero de enero de 1959, muy temprano, la despertó el sonido del teléfono. Era el padre de Horacio Rodríguez, un compañero de la resistencia que estaba en la Sierra Maestra, para decirle que la revolución había triunfado y que Batista había abandonado el poder. Llena de alegría se lanzó a celebrar, enterándose horas después que esa madrugada Horacio Rodríguez había muerto en un encuentro en Oriente. Pasados los primeros meses después del triunfo, comenzó a sentirse primero preocupada y después alarmada cuando muchos de los hombres que habían bajado de las montañas empezaron a pronunciarse en una forma distinta a como lo habían hecho durante la revolución. Ya no se hablaba ni de elecciones ni de humanismo. Ahora el tema central era la lucha de clases y las reformas drásticas que se querían imponer. Pronto muchos de los miembros de la juventud del 26 de julio, entre ellos ella, habrían de chocar con los que habían cambiado tan radicalmente de ideas y principios. Fueron a Fidel en busca de orientación y encontraron a un ser totalmente distinto al que habían conocido. Muchos se retiraron sintiéndose asqueados y engañados, pero otros sentían aún en la sangre el ardor de la lucha y decidieron enfrentarse al nuevo enemigo. No querían dejar que el movimiento, por el que tanto se habían sacrificado, cayera en manos de traidores y comunistas. Y el resultado fue que pronto las cárceles comenzaran a llenarse de antiguos revolucionarios, mientras los pelotones de fusilamiento daban cuenta de muchos de ellos. En septiembre de 1960, Rosita decidió ingresar en el recién fundado Movimiento Demócrata Cristiano de Cuba. Comenzó a trabajar con Sara, coordinadora de la Democracia Cristiana en la ciudad de Matanzas. Por sus contactos dentro de las filas del 26 de julio, se dedicó a reclutar a los miembros de esa organización que se sentían traicionados. Muchas veces expuso la vida hablando con aquellos que podían denunciarla, pero tuvo suerte. Fue a la Habana con Chávez, coordinador del MDC en Matanzas, y allí conoció a varios dirigentes nacionales del MDC, entre ellos a Lucas, su Coordinador Nacional. Como representante de productos farmacéuticos, Rosita viajaba constantemente por un territorio bien extenso dentro de la provincia de Matanzas: por el sur desde Cabezas hasta Aguada de Pasajero y por el norte desde Madruga hasta Agramonte y podía moverse con entera libertad dentro de esos puntos sin despertar sospechas. Dándose cuenta de la ventaja de esa situación, Lucas decidió que ella y Chávez actuaran como coordinadores de la provincia de Matanzas y Sara como coordinadora de la ciudad de Matanzas.

Una tarde Rosita y Sara iban en automóvil por una carretera rural, llevando varias armas y municiones que iban a entregar a unos alzados. De pronto vieron que en un punto de la carretera agentes de la seguridad nacional estaban registrando los autos que pasaban. Al llegar a una pequeña curva, Rosita, sin que la vieran, casi detuvo la marcha y dio a Sara la oportunidad de tirarse del coche con las armas y de esconderse entre la maleza. Tranquilamente Rosita siguió hasta donde estaban registrando. Después de pasar el registro prosiguió viaje hasta llegar a un lugar desde donde llamó para que fueran a recoger a Sara. Todo salió bien y pronto Sara estaba en su casa y las armas en manos de los alzados. Mientras más tiempo pasaba, los descontentos eran más numerosos. En Bolondrón, San Miguel de los Baños, Los Arabos, Jagüey Grande, Colón y Jovellanos, había grupos de campesinos alzados o listos para alzarse. Solamente faltaban las armas, que nunca llegaban de los Estados Unidos. Era como si los hombres que representaban las organizaciones revolucionarias allá se hubieran olvidado de los que estaban en Cuba. Pero a pesar de eso los hombres y mujeres de la resistencia hacían milagros. Y hoy aquí y mañana allí buscaban pertrechos y material para los guerrilleros de las montañas y los saboteadores de las ciudades. Un detalle interesante fue que en esa época, frente a las oficinas del 26 de julio en Matanzas, estaba una casa donde se guardaba mucho del material que conseguía la contrarrevolución. Cada día la resistencia se hacía más fuerte dentro de Cuba.

Hacía tiempo que el líder obrero Gerardo Fundora quería alzarse. Rosita le pedía que esperara, que tuviera paciencia, pero sabía que un día Fundora no esperaría más. Y pronto ese día llegó y Fundora se alzó en las lomas de Madruga. A través de un chofer de alquiler al que se conocía en la resistencia con el nombre de «Relámpago,» Rosita obtuvo armas y municiones que pronto estuvieron en poder de los alzados. Para llamar la atención y conseguir más refuerzos, Fundora decidió bajar a la carretera central. Sabía que a cierta hora pasaría por allí una rastra de gasolina. El plan era atravesar la rastra en la carretera y darle fuego. Muchos de los cañaverales de los alrededores arderían con la rastra y el daño que se produciría en la carretera sería considerable. La rastra cayó en poder de los alzados y mientras estos seguían con su plan, bajaron al chofer para que pudiera escapar a la explosión. Viéndose libre, en un descuido de los alzados, el chofer huyó por la carretera y a poca distancia de allí se encontró con un jeep donde venía un miliciano con su familia. Le dijo al miliciano que los alzados iban a volar la rastra y éste, sin tener en cuenta el peligro que hacía correr a su familia se dirigió al lugar donde estaban Fundora y los suyos. Al acercarse el jeep, los alzados, que no sabían quién venía dentro, le gritaron que se parara, a lo que contestó el miliciano disparando contra ellos. Los alzados contestaron el fuego y creyendo que se trataba de una fuerza militar que llegaba se internaron de nuevo en la montaña. Pero en el tiroteo murió un niño, hijo del miliciano, que venía en el jeep. Este trágico episodio del cual el único responsable fue el miliciano que estando su familia dentro del vehículo comenzó a disparar contra los alzados, fue tergiversado por los órganos de prensa del gobierno castrista haciendo aparecer a los alzados y especialmente a Gerardo Fundora como responsables de la muerte del niño. Inmediatamente el gobierno ordenó la movilización de cinco mil milicianos para que capturaran a Fundora y a los suyos. Cercados por fuerzas tan numerosas los alzados fueron hechos prisioneros rápidamente. El día que se anunció la captura de Fundora y de su grupo, Rosita, que había tenido mucho contacto con ellos, se hizo visible en Matanzas para evitar sospechas. Fue a un cine con su madre. Estando allí sintió que la tocaban en el hombro. Creyó que eran los agentes de la seguridad del estado que venían a arrestarla, pero al volverse se encontró con un compañero de la resistencia que venía en su busca para esconderla. Pasó esa noche en un colegio privado, y a la mañana siguiente la llevaron para la Habana, donde la escondieron en una casa en la calle San Lázaro. Allí permaneció varios días. Recibió dos mensajes contradictorios de un abogado que participaba en el juicio de Fundora: en uno le decía que Fundora personalmente le había dicho que él se había responsabilizado con todo lo que había pasado y que no se había complicado en el caso a nadie; pero después el mismo abogado le mandó a decir que uno de los acusados había declarado que una joven, a quién conocía por Rosita, les había llevado armas y pertrechos. Perpleja, no sabía que hacer y permaneció escondida. Allí recibió la noticia de la muerte de Fundora. Una semana después, ante el hecho de que no habían registrado su casa ni molestado a su familia, se arriesgó y regresó a Matanzas presumiendo que no sabían que ella era Rosita. La dirigencia del MDC temía por ella y quería que se asilara pero ella se negó. Era el momento en que muchos antiguos miembros del 26 de julio y del Directorio Estudiantil se aprestaban de nuevo a la lucha, ahora contra el propio Fidel y ella quería traer los más que pudiera a la democracia cristiana. Y así lo hizo. Llegó la invasión de Playa Girón, y tuvo la tristeza de ver como la resistencia, hecha con tantos sacrificios, era destrozada. Pero siguió en Cuba hasta 1967, cuando ya no pudo aguantar más y salió por vía de España. Poco después se reunió en los Estados Unidos con su hermana, ciudadana norteamericana, que la había reclamado.

A pesar de tener muy pocos años durante la época de Batista, Alcides, como tanto jóvenes cubanos, simpatizaba con la revolución y se unió al movimiento 26 de julio. Y cuando Batista cayó celebró con júbilo. Pero la alegría fue de corta duración pues poco después del triunfo revolucionario, comenzó a sentirse intranquilo. Estaban pasando cosas que no entendía. Habló con otros compañeros del 26 de julio y encontró que casi todos ellos pensaban como él. ¿Por qué los tribunales revolucionarios, que habían sido organizados para juzgar a los miembros del gobierno anterior acusados de crímenes, se iban apartando más y más del fin para el que habían sido creados y pronto muchos antiguos revolucionarios eran juzgados ante esos mismos tribunales? ¿Cómo era posible que los jefes del 26 de julio, especialmente el mismo Fidel, de pronto comenzaran a expresar fuertes simpatías hacia los países de la órbita comunistas y repudio por los Estados Unidos? Y para hacer las cosas mas evidentes, las autoridades revolucionarias de Guantánamo invitaron al líder comunista Salvador García Agüero, para que hiciera el discurso principal en un acto público. El hecho produjo una protesta enérgica por gran parte de la población, con el resultado de que muchos de los que protestaron fueron detenidos, declarando las autoridades que no permitirían ese tipo de manifestaciones. El golpe final llegó cuando el comandante Hubert Matos, jefe militar de la provincia de Camagüey, fue encarcelado y condenado a treinta años de cárcel por un tribunal revolucionario por haber señalado en la carta renuncia que le envió a Fidel la infiltración comunista en el gobierno revolucionario como la razón de su decisión. Después de estos hechos, quedaban muy pocas dudas del camino que llevaba la revolución castrista. Y muchos de los que seguían creyendo en la misma se dieron cuanta que se enfrentaban a un enemigo peor que el que habían combatido antes y decidieron comenzar la lucha de nuevo. Entre ellos estaba Alcides. Con un grupo de amigos comenzó a conspirar y poco después ingresó en el Movimiento Demócrata Cristiano. Para entonces, las organizaciones y grupos de la resistencia en Guantánamo se habían unido bajo la dirección de Carlos Campos Martínez, coordinador del MDC, intensificando los actos de sabotaje en toda la región. Y en ellos participó activamente Alcides. La resistencia de Santiago de Cuba, en cooperación con la clandestinidad de Guantánamo, hizo un acto de sabotaje en la tienda *El Encanto*. Hubieron alzamientos en Arroyo Blanco, Yateras y en otras partes de las montañas.

Pero el alzamiento de Arroyo Blanco hizo que el gobierno actuara con mano fuerte. Lanzó miles de soldados y milicianos contra los alzados que pronto fueron cercados y capturados. Se les celebró juicio sumario e inmediatamente fueron fusilados muchos de ellos. Aprovechando la oportunidad que le ofrecía la remota y aislada zona de operaciones de hacer un ejemplo, el mando castrista castigó no solo a los alzados y a sus partidarios, sino también a los que consideraba como no afectos al gobierno. Fueron momentos de gran violencia, en los que el gobierno empleó métodos de represión que no hubiera podido emplear en zonas urbanas. Usando el miedo que generaba su brutal represalia, en poco tiempo el ejército y las milicias fidelistas ganaron el control de toda la zona. Entre Guantánamo y Santiago de Cuba las autoridades castristas detuvieron a más de 400 sospechosos, de los cuales muchos fueron condenados a prisión y 28 fusilados, entre ellos una mujer.

Alcides y Carlos Campos Martínez fueron detenidos. Alcides iba caminando para su casa cuando se le acercó un automóvil. Lo hicieron entrar en el mismo y lo llevaron a las oficinas de la Seguridad del Estado (G2) en Guantánamo. Lo trasladaron para Santiago, para el «Castillito,» donde lo acusaron de estar complicado en el sabotaje de la tienda *El Encanto*. Lo que no era cierto. Él no había participado en ese hecho. Del «Castillito» lo llevaron para la cárcel de Boniato. Algunos de sus compañeros del MDC, entre ellos Carlos Campos Martínez, fueron llevados también a la cárcel de Boniato, pero él no los pudo ver. Los que vieron a Carlos Campos le dijeron que había sido torturado brutalmente, que tenía los dedos, las manos y los brazos destrozados. Lo habían colgado por los brazos y los dedos de un helicóptero en vuelo para que denunciara a sus compañeros. Pero ni aún haciéndole eso lograron que los delatara. Lo llevaron de nuevo para Santiago de Cuba y allí lo fusilaron con otros. Nunca han dicho dónde lo enterraron.

En Boniato cuando no pudieron probar la participación de Alcides en el incendio de *El Encanto*, lo acusaron de ser agente del CIA y coordinador del MDC en Guantánamo, lo que no era cierto y lo condenaron a 10 años de presidio. Lo llevaron para Isla de Pinos. Cuando las autoridades del penal ordenaron que los presos políticos hicieran trabajos forzados, Alcides fue uno de los se negaron a cumplir la orden. Hacían todo lo posible para no salir al campo a trabajar, se las arreglaban para romper los instrumentos de trabajo, se hacían los enfermos. Y por ello los guardias los pateaban, les pegaban con cabos de hachas y sobre todo, los pinchaban con las bayonetas. Todos los días, antes de salir, los custodios escogían a un prisionero a quien ese día le tocaba recibir el castigo, para que sirviera de lección a los demás y si los otros presos protestaban eran apaleados y heridos con las bayonetas. Dividían a los presos por «categorías.» A él y a otros 250 estudiantes, les tocó picar piedras en una cantera, un trabajo durísimo. En una ocasión, porque protestó, después de golpearlo brutalmente, lo pusieron a sacar el agua de uno de los muchos agujeros que habían allí. Cuando lo obligaban a meterse dentro del agujero, el agua le daba por el pecho y el borde le quedaba casi a la altura de la boca, lo que le obligaba a tener que levantar el cubo con el agua por encima de la cabeza. Era un trabajo de nunca acabar, pues la misma cantidad de agua que sacaba se volvía a filtrar inmediatamente en el hueco. Y así tenía que pasar las horas, metido en el hueco y sacando agua sin parar. Y cuando los custodios se acercaban se divertían escupiéndolo y tirándole arena, piedras y cuanto tuvieran a mano. Cuatro días pasó así. De nuevo fue junto a los otros a romper piedras en la cantera. Y si no hacían el trabajo con rapidez venían los golpes y los pinchazos con las bayonetas. Muchos presos fueron heridos y algunos murieron a consecuencia de las heridas que sufrieron. A uno le dieron un bayonetazo que le perforó la arteria femoral y lo dejaron que se desangrara. A otro le dieron un bayonetazo que le atravesó un testículo y no tuvo asistencia médica hasta horas después cuando fueron de regreso para las celdas y fue atendido por médicos que estaban presos por contrarrevolucionarios. La comida era horrible, harina o espaguetis llenos de gusanos y muchas veces adornados con cucarachas u otros insectos. Los carceleros se reían, diciéndoles que esas eran las proteinas que necesitaban. Pero ellos trataban de limpiarla lo mejor que podían y se la comían. Lo importante era seguir viviendo. Desde que comenzaron el trabajo forzado suspendieron las visitas. Cuando el gobierno decidió cerrar el presidio de Isla de Pinos, los presos fueron enviados a distintas cárceles en Cuba. A Alcides le tocó ir para la Cabaña en la Habana. Estando allí, el gobierno creó el «plan progresivo» por el que se ofrecían privilegios y prebendas a los que adoptaran y juraran lealtad al marxismo y a Fidel. Al mismo tiempo se intentó eliminar la categoría de preso político, sustituyéndola por la de preso por delitos contrarrevolucionarios, cambiándose el uniforme kaki por uno azul igual al de los presos comunes. Como Alcides fue uno de los que protestaron el plan y se negaron a usar el nuevo uniforme, lo trasladaron, junto a otros doce, a la cárcel de San Román, cerca de Manzanillo en la provincia de Oriente. Los llamaban los plantados. Como en San Román se negaron a ponerse los uniformes azules, fueron encerrados en unas celdas que habían fuera del perímetro de la prisión, que eran conocidas como «las gavetas.» Las gavetas tenían dos cuartas y un «gemis» —falange del dedo pulgar— de ancho, 5 ó 6 de alto y 6 ó 7 pies de fondo. Había un hueco en el suelo de unas 4 pulgadas de diámetro y directamente encima del mismo, una llave que nunca tenía agua. En cada gaveta pusieron a 5 ó 6 presos. Solamente los más bajos de estatura podían estar de pie, los otros tenían que permanecer encorvados. Se tendían en el suelo por turnos y cuando lo hacían era sobre un piso de excrementos y orines secos, donde había infinidad de hongos, insectos y gusanos, pues aunque empujaban con las manos o con los pies las heces y los orines por debajo de la puerta, siempre quedaba algo en el suelo. Pocos días después de estar allí los presos estaban cubiertos de una capa sólida de mugre y el hedor era insoportable. Un día trajeron para «la gaveta» que quedaba junto a la de ellos, a un grupo de presos comunes condenados por el delito de homosexualidad[8]. Y una mañana poco tiempo después, trajeron a dos jovencitos y los encerraron en «la gaveta» con los homosexuales. A través del muro que los separaba, el menor, que aún no había cuplido los 14 años, les contó muy asustado a Alcides y a sus compañeros que él y su amigo no eran homosexuales, que los habían detenido por expresarse mal del gobierno fidelista y cuando comenzó a hablar de su familia, se le estranguló la voz y comenzó a sollozar. Comprendiendo el peligro que corrían los dos muchachos, Alcides y sus

---

[8] Una de las primeras disposiciones del gobierno castrista fue la de considerar como delitos la prostitución y la homosexualidad.

compañeros instaron a los homosexuales a que no los molestaran. Y nadie los molestó durante los dos días que estuvieron allí.

Una noche Alcides y sus compañeros sintieron un olor extraño, como de matadero. Y cuando se dieron cuenta que un líquido viscozo les llegaba de la celda de los homosexuales, se quedaron sorprendidos al ver que era sangre. Llamaron a los carceleros y cuando estos abrieron la puerta encontraron que todos los homosexuales se habían cortado las venas en un intento de suicidio colectivo. Se los llevaron y nunca más los regresaron a «las gavetas.»

A los dos meses de estar encerrados en «la gaveta,» Alcides y sus compañeros se declararon en huelga de hambre. Al principio los custodios los sacaban y los obligaban a comer algo a la fuerza. Para hacerlo, los acostaban en el suelo en las garitas, y arrodillándose sobre ellos les tapaban la nariz con las manos y cuando abrían la boca para respirar, le echaban la comida y los hacían tragar. Por supuesto, durante todo el forcejeo, los presos recibían golpes y cortaduras, especialmente en la cara. Pero cuando los llevaban de vuelta para las gavetas, los presos voluntariamente vomitaban todo el alimento que les habían dado, haciendo aún peor el mal olor que existía. Convencidos los carceleros que no podían doblegarlos, en vez de darles la comida a la fuerza, decidieron ponerles sueros. Pero el estado físico de los presos llegó a tal extremo que a los 56 días de haber comenzado la huelga de hambre, los sacaron de «las gavetas.» Alcides fue enviado para el hospital del Castillo del Príncipe en la Habana. Allí le dieron el uniforme antiguo de color kaki. Poco después cumplió los diez años de su condena y fue puesto en libertad. Un año después logró salir de Cuba. Dos años después de haber salido de la cárcel, Alcides tenía graves problemas de equilibrio, y varias de sus funciones motoras aún siguen afectadas. Ese fue el precio que tuvo que pagar por no doblegarse ante las torturas del presidio castrista. Pero la lucha de Alcides y de muchos presos políticos no se detuvo con su salida de Cuba. Ya en tierras libres, su testimonio de las torturas y atrocidades de que son víctimas los presos políticos en las mazmorras del fidelo-comunismo, sirvió para alertar a la Comisión de Derechos Humanos de las Naciones Unidas. Y después de exhaustiva investigación de las condiciones en Cuba, la Comisión ha venido condenando desde 1992 el régimen de Fidel Castro por violaciones de derechos humanos.

V

Luis miraba el agua fijamente. Le parecía que había vivido una eternidad, pero era el más joven de todos los miembros de la tripulación. Como a todos los cubanos, desde muy niño le había gustado mucho el mar, pero esta noche hubiera preferido estar lejos, muy lejos de allí. La primera vez que un grupo de estudiantes universitarios y del instituto fueron al colegio privado donde estudiaba, los oyó con mucha atención. Habían ido a pedirles que se fueran a la huelga con ellos, en señal de protesta contra el gobierno de Batista. En eso estaban cuando llegó la policía y se los llevó detenidos. Por la noche habló con su padre. Supo que mucho de lo que había oído era verdad. La inmoralidad, la corrupción y la deshonestidad de todos los gobiernos que había tenido Cuba, ya que lo cierto era que el de Batista no había sido el único que hubiera padecido de esos males. Y cómo el país había llegado al punto que no aguantaba más.

Cuando en octubre ingresó en la universidad de la Habana, comenzó a trabajar activamente en la clandestinidad. Por las noches salían en grupos y pintaban letreros de protesta contra el gobierno en las paredes, en las aceras y donde pudieran. Otras veces, desde lo alto de la colina universitaria, lanzaban acusaciones por medio de altoparlantes, mientras la policía miraba desde la calle San Lázaro.

A medida que el tiempo pasaba, la lucha en las montañas y en las ciudades se fue organizando. Ya no eran grupos aislados peleando por su cuenta. Ahora habían planes. El día del ataque al palacio presidencial en marzo de 1957, él estaba con el grupo que tomó Radio Reloj, la estación de radio, y lanzó al aire la noticia de la muerte de Batista. Pero el plan fracasó. Los que entraron en el Palacio Presidencial, no pudieron llegar nada más que al segundo piso, donde fueron rechazados por la escolta y los ayudantes de Batista. Trataron de buscar refugio en la universidad. Algunos lo lograron, pero otros, entre ellos el líder estudiantil universitario José A. Echevarría, «Manzanita,» no tuvo suerte y cayó junto a la escalinata universitaria acribillado a balazos.

Cada día la lucha era más feroz y la persecución más implacable. Pero él no quiso irse para las montañas. Era necesario que alguien se quedara en las ciudades. Habían muchas cosas que hacer. Y así lo sorprendió la caída de Batista.

Asistió a los juicios contra los criminales de guerra y se puso ronco pidiendo ¡**Paredón**! para muchos de ellos. Se lo merecían. Pero ya todo pasaría. En poco tiempo la situación se normalizaría y podría volver de nuevo a sus estudios. ¡Ahora sí había un estímulo! Tenían que construir una Cuba nueva a la que nunca pudieran volver las lacras del pasado. Y se podría hacer si todos los cubanos se unieran para ello.

El tiempo pasaba, pero la revolución comenzó a tomar giros inesperados. En la Universidad de la Habana se había elegido un nuevo presidente de la Federación Estudiantil Universitaria. No fue Pedro Luis Boitel, el candidato que los estudiantes querían, sino el Comandante Rolando Cubelas, en aquel entonces hombre de la absoluta confianza de Raúl Castro, que fue impuesto por Fidel después de obligar a Boitel a que retirara su candidatura.[9] La universidad se fue transformando. Más que un centro de enseñanza parecía un cuartel. Primero se pidió a los estudiantes que ingresaran voluntariamente en las milicias. Luego se les obligó a ingresar. Tenían que usar el uniforme verde olivo para ir a clases. El desobedecer una orden era un delito militar. A los que protestaron se les acusó de contrarrevolucionarios y se les expulsó o encarceló. El claustro completo de profesores de la Escuela de Derecho de la Universidad de la Habana, que en su enorme mayoría había apoyado a Fidel Castro durante la lucha contra Batista, renunció. Solamente tres profesores se negaron a hacerlo. Y cuando la carta renuncia fue presentada en la Secretaría General de la Universidad, el comentario del funcionario que la recibió, un oficial barbudo vestido de uniforme verde olivo, fue:

—Mejor, así tenemos más puestos para los nuestros.[10]

Y la renuncia fue aceptada. Casi todos los profesores se marcharon, dejando tras ellos el producto de una vida de estudios y sacrificios y llevándose los conocimientos y los honores que habían hecho de la escuela de derecho de la Universidad de la Habana una de las más respetadas del continente.

Nuevos profesores fueron nombrados. Casi todos miembros del partido comunista. En su mayoría, un grupo selecto de incapacitados, resentidos y frustrados. ¿Y abogados para qué? El propio Fidel Castro, abogado que nunca ejerció la profesión, había sentado el precedente cuando el 3 de marzo de 1959 revocó la sentencia de un tribunal militar revolucionario, formado por militares del ejército rebelde y presidido por un comandante compañero suyo de la Sierra Maestra, por la que se declaraba inocente a 43 aviadores del ejército de Batista acusados de haber bombardeado objetivos civiles durante la lucha revolucionaria.

---

[9] Poco tiempo después Pedro Luis Boitel fue arrestado, acusado de "contrarrevolucionario" y encarcelado en las mazmorras de la prisión de Isla de Pinos. En la prisión del Príncipe, lo dejaron morir de hambre por haberse declarado en huelga en protesta de las atrocidades a que eran sometidos los presos políticos.

[10] El autor de este libro, a petición de su tío el Dr. Agustín Aguirre y Torrado, Decano de la Facultad de Derecho, fue quien presentó la carta renuncia en la Secretaría General de la Universidad y a quien se dirigió el oficial del ejército rebelde.

En un nuevo juicio, siguiendo instrucciones del propio Fidel Castro, el nuevo tribunal dictó rápidamente sentencia condenando a los aviadores a 30 años de cárcel.

Desde un principio parecía que uno de los puntos más importante en la agenda del gobierno revolucionario fuera terminar con la autonomía universitaria. Juan Marinello, presidente por muchos años del minúsculo partido comunista cubano y quién más tarde sería nombrado Rector de la Universidad de la Habana, había declarado que «la autonomía universitaria no tenía razón de ser bajo un régimen genuinamente revolucionario.» Se propuso crear una supraestructura de gobierno compuesta por representantes de las Universidades de la Habana, las Villas y Oriente, del Ministerio de Educación y del Instituto Nacional de Reforma Agraria (INRA). Inmediatamente el Consejo Universitario, los Claustros de Profesores de las distintas escuelas y gran número de estudiantes se opusieron a la idea, por considerar que de llevarse ésta a efecto, acabaría con la autonomía universitaria. En esas condiciones, un grupo de dirigentes estudiantiles comunistas provocaron un incidente. Uno de ellos pidió a un profesor de la Escuela de Ingeniería que permitiera a un grupo de estudiantes tomar un examen en un aula sin vigilancia. Al negarse el profesor, el dirigente lo acusó de insultar a los estudiantes y pidió al Claustro de Profesores de la Escuela de Ingeniería la expulsión del profesor. El Claustro se negó y entonces los dirigentes comunistas expulsaron al profesor y nombraron en su lugar a dos profesores, uno cuñado del Che Guevara y el otro un militante del partido comunista. El Claustro se negó a reconocer a los profesores designados y el Consejo Universitario respaldó al Claustro de Profesores. La Federación Estudiantil Universitaria bajo la presidencia de Rolando Cubelas, acusó al Consejo y al Claustro de «contrarrevolucionarios» y unos días después un pequeño número de estudiantes y algunos profesores disolvieron el Consejo Universitario y todos los Claustros de Profesores, constituyendo a continuación una Junta de Gobierno formada por cuatro estudiantes y cuatro profesores, investida de poderes ilimitados. Poco después se nombró Rector de la Universidad de la Habana a Juan Marinello. El pensamiento del nuevo rector se había hecho patente al haber declarado públicamente: «Ser anti-comunista es ser contrarrevolucionario.» Bajo la dirección de Marinello y habiendo perdido su autonomía, la honorable institución se convirtió en un instrumento al servicio del gobierno castrista. En sus aulas no se aprendía nada. Solamente adoctrinamiento marxista. Era preferible no ir a clases. Y así, poco a poco, pero inexorablemente, el círculo se fue cerrando.

Por lo que le decían sus amigos y por lo que él mismo podía ver, Luis sabía que en los sindicatos obreros, donde tenía muchos amigos, estaba ocurriendo algo semejante a lo que ocurría en la Universidad. Al principio, muy lentamente, pero después con más y más rapidez, las posiciones llaves iban cayendo en manos comunistas. Los dirigentes revolucionarios que no se adaptaban a la situación eran acusados y expulsados. Muchos, entre ellos el Secretario General de la Confederación de Trabajadores de Cuba, David Salvador Manso, que había llegado a ocupar esa posición por sus méritos revolucionarios en la lucha contra Batista, fueron encarcelados, otros fueron fusilados y los más afortunados lograron huir. Ahora las consignas sindicales no eran las de los obreros, sino las del partido comunista, y había que seguirlas al pie de la letra. Y el que no lo hacía era acusado de contrarrevolucionario y tenía que sufrir las consecuencias. Las leyes sociales que existían antes de la revolución, consideradas entre las más avanzadas del mundo, fueron abolidas. ¿Leyes sociales para qué? La ley social era la ley del pueblo y el pueblo era la revolución. Por lo tanto los jefes de la revolución, que eran los verdaderos representantes del pueblo, no podían equivocarse. No importaba que del salario de los obreros se descontara un tanto por ciento «como aportación voluntaria» para el gobierno revolucionario; o que se trabajaran dos o tres horas extras gratis todos los días, también como «aportación voluntaria.» En definitiva, la revolución era del pueblo y el pueblo tenía que sacrificarse por ella. O casi todo el pueblo, pues los miembros de la nueva clase gobernante vivían como nunca lo habían soñado. Las mejores casas, los mejores autos, lo mejor de todo. Por eso ni a Luis ni a nadie le extrañó el nuevo rumbo radical que en el plano internacional tomó el «gobierno revolucionario.» En un acto celebrado en la Habana, en marzo de 1959, José Figueres, ex-presidente de Costa Rica y gran amigo de la revolución cubana y de la lucha contra Batista, alertó públicamente por radio y televisión al nuevo gobierno revolucionario del peligro comunista. Lleno de furia David Salvador, Secretario de la Confederación de Trabajadores de Cuba, allí presente, arrebató el micrófono de manos del ex-presidente y lo increpó duramente, no permitiéndole terminar el discurso. En ese mismo acto y posteriormente, Fidel Castro atacó la actitud de Figueres acusándolo de ingerencia en los asuntos de Cuba. Cuatro meses más tarde el 13 de julio, el Dr. Manuel Urrutia, Presidente del gobierno revolucionario, denunció públicamente la infiltración comunista en el gobierno revolucionario. Pocos días después el Dr. Urrutia se vio obligado a renunciar como presidente y finalmente a pedir asilo en una embajada al ser acusado públicamente por Fidel Castro. Ahora el verdadero amigo era la Unión Soviética, y el enemigo los Estados Unidos. «Cuba Sí, Yankis No.» Muy pronto los dirigentes norteamericanos, especialmente el presidente de los Estados Unidos John F. Kennedy y hasta su joven esposa, fueron blanco favorito de los más procaces insultos de Fidel Castro, de su hermano Raúl, del Che Guevara y de toda la alta camarilla que rodeaba al nuevo dictador. En un caso sin precedente en el mundo civilizado, la insolencia del régimen se puso de manifiesto cuando en un discurso que fue trasmitido por radio y televisión, Fidel acusó a la primera dama norteamericana de haber sido muy fácil en sus favores sexuales desde la época que era estudiante en la universidad de la Sorbona, en París. Y por último, el primero de diciembre de 1961, el mismo Fidel Castro, que desde la Sierra Maestra había advertido al pueblo del peligro comunista, y quién en mayo de 1959 había atacado públicamente al partido comunista cubano y al comunismo, declaró: «Soy marxista-leninista, fui marxista-leninista y seguiré siendo marxista-leninista hasta el día de mi muerte. No lo había dicho antes porque el pueblo de Cuba no estaba preparado para ello.» Poco después llegó a Cuba el

53

General Enrique Líster, veterano de la Guerra Civil española y oficial del ejército ruso durante la Segunda Guerra Mundial, quién conjuntamente con el General Bayo, otro veterano de la Guerra Civil española que había sido uno de los expedicionarios del «Gramma,» se hicieron cargo del adoctrinamiento y entrenamiento de las fuerzas armadas castristas.[11] No mucho tiempo pasaría para que comenzara a funcionar en la Habana, cerca de la playa de Tarará, el primer centro de entrenamiento en tácticas terroristas del continente americano. Muy pronto este centro alcanzaría el «honor» de contar entre los que recibieron su entrenamiento allí a muchos de los que más tarde llegarían a ser considerados entre las más temidas figuras del terrorismo internacional.

Los «técnicos,» especialmente rusos, que habían comenzado a llegar en pequeños grupos desde el triunfo de la revolución, ahora vestidos con uniformes militares, invadían el país. La producción de la fabrica de cemento «El Morro» en el Mariel, que antes había sido suficiente para abastecer casi completamente las necesidades de la Isla, fue controlada completamente por el gobierno. Enormes camiones-rastras salían noche y día de la fábrica, cargados hasta los topes de sacos de cemento. Siempre apurados para abastecer las nuevas instalaciones militares, que bajo la supervisión de los rusos, se construían febrilmente en toda la Isla, desde Pinar del Río hasta Oriente, especialmente en las cuevas de las montañas de la costa norte, que se ampliaban y reforzaban con miles de toneladas de concreto, y que como cañones gigantescos apuntaban a las entrañas del gigante vecino. Y cuando los trabajos de construcción se estaban terminando, comenzaron a llegar rastras enormes, con su carga secreta y bien cubierta de cohetes rusos con cabezas atómicas. Mientras tanto para los cubanos, la vida se hacía una pesadilla. Con el racionamiento llegaron las colas. Largas, interminables. Al sol o a la lluvia. De día y de noche. Y no había casi nada que comprar. Luis recordaba lo que le había pasado a un tío suyo, hermano de su madre. Un día se encontró en la calle con un campesino que llevaba un pollo en una jaba. Le preguntó si se lo vendía y el campesino le contestó que dependía del precio que le pagara. Queriendo aprovechar la oportunidad, el tío le ofreció treinta pesos, pensando llegar hasta cincuenta si era necesario. El guajiro le contestó que no quería dinero, pues no podía comprar nada con él, pero que le cambiaba el pollo por el traje que traía puesto. Al principio el tío pensó rechazar la oferta como algo absurdo, pero comprendiendo que era el traje o el pollo, se decidió por el pollo. Hizo el cambio y se dirigió a su casa muy contento, con el pollo en la jaba. Pensó la sorpresa que se llevaría la familia al verlo vestido con la ropa usada y mal oliente del campesino. Pero al llegar a la casa con el pollo en la mano, la atención y alegría de la familia se fijó en el pollo sin prestarle a él la más mínima atención. Cuando Fidel hablaba, siempre ofrecía abundancia para un futuro que nunca llegaba. Y a la mañana siguiente a cada discurso, se racionaban nuevos

---

[11] El "Gramma" fue el yate que usaron Fidel y los suyos para llegar a Cuba procedentes de México.

54

productos. Un día se racionó el azúcar. ¡Racionar el azúcar en Cuba! Nunca en la historia de la Isla había pasado una cosa semejante. Y se constituyeron los «Comités de Vigilancia.» Uno en cada cuadra de cada pueblo o ciudad. Siempre vigilando y siempre molestando. Y había que estar bien con ellos, pues una palabra suya podía significar la pérdida de los cupones de racionamiento o la cárcel. A cuál de las dos peor. Sin cupones no había comida, ni nadie a quien acudir, pues el que ayudara corría el riesgo de que se le retiraran los cupones. Y la cárcel era peor que el infierno. Cientos de personas hacinadas en pequeñas celdas. Para dormir había que hacer turno, pues no había espacio en el suelo para todos acostarse al mismo tiempo. Con una letrina, casi siempre sin agua, para treinta o cuarenta personas. Por la falta de agua, las heces se iban acumulando hasta llegar a salir más de un pie por encima del borde del asiento. El hedor se hacía insoportable. Y era necesario ser un verdadero equilibrista para mantenerse de pie en el borde cuando se usaba la letrina. Muchos eran los que resbalaban y terminaban con los pies y las piernas dentro de la suciedad. Como no era posible lavarse porque no había agua, era terrible para ellos y para los que tenían que compartir la celda con ellos. La comida, servida una vez al día, consistía en pasta en malas condiciones, hervida en agua, y a veces plátanos podridos salcochados. Y algunos presos eran llevados a las cárceles regulares donde tenían que convivir con asesinos y ladrones, que para congraciarse con los guardas hacían la vida terrible a los presos políticos.

Y la discriminación. ¡Cómo vivían los miembros de la alta jerarquía comunista, los «técnicos» y los turistas extranjeros! Para ellos eran las mejores casas y apartamentos. Los cubanos no podían entrar a los hoteles, edificios de apartamentos y restaurantes a los que iban ellos, ni a las tiendas en que compraban y en las que había de todo. Vivían disfrutando de Cuba. Como si fuera suya. Y un día se prohibió al pueblo cubano bañarse en las playas que se reservaron para los jerarcas comunistas y los extranjeros. Pero mientras más apretaba Fidel Castro las tuercas de su brutal dictadura y más se atropellaba a los cubanos, más activa se hacía la resistencia. Se echaba azúcar o arena en los tanques de los motores de gasolina y cuando el azúcar o la arena pasaba al interior del motor, éste quedaba inutilizado. Muchas veces el daño era permanente. Se disparaba con armas de pequeño calibre a los transformadores. Por la perforación que se producía comenzaba a salir el ácido. Al quedarse sin ácido, el transformador se quemaba, haciéndose inservible. Se le daba candela a los cañaverales. Se inutilizaban los teléfonos públicos. En la Habana, la tienda de departamentos *El Encanto*, que por la calidad de los artículos que en la misma se vendían y por el exquisito gusto en que se presentaban los mismos era considerada una de las mejores tiendas de lujo del mundo, ardió hasta los cimientos. Para los cubanos *El Encanto* era sinónimo de calidad y buen gusto. Poco después del triunfo de la revolución se promulgó la Ley de Nacionalización de las Empresas y *El Encanto* pasó a ser propiedad del gobierno fidelista. Muy pronto sus legítimos propietarios, Solís y Entrialgo se vieron obligados a abandonar el país. Si antes *El Encanto* había sido orgullo de todos los cubanos, ahora era símbolo de prestigio del fidelismo. Allí compraban los miembros de la alta jerarquía del gobierno y llevaban a los «técnicos» y turistas que llegaban continuamente procedentes de países del bloque comunista, especialmente rusos y checos, para que pudieran comprar artículos de una calidad que nunca habían conocido en sus países de origen. Era realmente algo digno de ver la expresión en las caras de las mujeres de esos «técnicos» al encontrarse dentro del establecimiento rodeadas por tantos objetos, de los cuales, en sus países, no hubieran soñado tener a su alcance ni uno de ellos. Los empleados del departamento de zapatos no se cansaban de contar como esas mujeres se asombraban al saber que podían llevarse no solo los zapatos que habían comprado—aunque fueran más de un par, cosa que no podían hacer en sus países—sino también los que traían puesto, que en su país hubieran tenido que dejar en el establecimiento para usar las partes de los mismos que aún fueran utilizables. Muchos de los empleados, que antes habían trabajado activamente a favor de la revolución, ahora se sentían engañados y traicionados por Fidel y su camarilla. Y un día por la tarde, cuando la tienda había cerrado y no quedaba ningún cliente, miembros de la resistencia echaron fósforo vivo en los conductos del aire acondicionado que seguía funcionando. Nadie en el mundo hubiera podido contener el fuego que se produjo, y rápidamente el bellísimo establecimiento quedo convertido en cenizas. Y los miembros de «la nueva clase», tanto la cubana como la extranjera, se quedaron sin su tienda favorita. La furia de Fidel y de sus lacayos no tuvo límites, pues la resistencia los había golpeado fuertemente donde les dolía. Cinco hombres y una mujer fueron detenidos y acusados de ser autores del incendio. Con gran rapidez se celebró el juicio y se dictó la sentencia: Carlos González Vidal, joven de 22 años de edad fue condenado a muerte y fusilado y los otros cinco, Teleforo García, Mario Pombo Matamoros, Roberto Torres García, Carlos González Vidal, Humberto Eduardo López y Ada González Gallo fueron condenados, unos a treinta y otros a veinte años de cárcel.

Pero el hecho que más lo conmovió fue el caso de Jorge Fundora[12]. Había sido amigo de Jorge por muchos años. Sabía que desde los tiempos del Colegio de Belén Jorge y Fidel habían sido grandes amigos. Muchos veranos y días de fiesta pasó Fidel en la casa de los Fundora, donde era tratado como un miembro de la familia. Cuando detuvieron a Jorge acusándolo de contrarrevolucionario, un amigo de ambos fue a ver a Fidel para interceder por él. Le habló de la amistad que por tantos años los había unido a los tres y le pidió que no fusilaran a Jorge como pedía el fiscal, que lo condenaran a la cárcel, pero que no lo mataran. Fidel no le contestó. Se dirigió a la mesa y tomando el teléfono pidió que lo comunicaran con el presidente del

---

[12]Aunque de Matanzas y con el mismo apellido, Jorge Fundora no tenía ningún parentesco con el líder sindical Gerardo Fundora de quién se trató anteriormente.

tribunal que estaba juzgando a Fundora. Cuando el presidente contestó, las palabras de Fidel fueron cortas y tajantes.

—Ningún tipo de clemencia con Fundora. Si el tribunal considera que es culpable, que lo lleven al paredón, pues los enemigos de la revolución, los que intentan destruirla, deben ser castigados con la mayor dureza. Y esa es la responsabilidad de ustedes.

Y después de colgar el teléfono, al preguntarle el amigo que como era posible que hiciera semejante cosa habiendo sido Jorge su amigo por tantos años, la respuesta fue un ladrido de odio increíble:

—Jorge Fundora nunca fue mi amigo. Me invitaba a su casa para restregarme en la cara lo feliz que era su familia.[13] Y tú, ándate con cuidado pues la próxima vez que vengas a interceder por un enemigo de la revolución puede ser que termines mal.

Al día siguiente Jorge Fundora fue fusilado. El amigo que había intercedido por él se asiló en una embajada el mismo día de la entrevista con Fidel. Y Fidel Castro demostró una vez más la mente tan torcida y perversa que posee.

Luis comprendió que tenía que salir de Cuba, pues no quería tener nada que ver con la canalla que había usurpado la verdadera revolución y que era dirigido por un monstruo de maldad. Y ahora, mientras esperaba, recordaba como un amigo suyo había engañado con gran astucia a los asesinos de Fidel. Tato siempre había sido muy tímido. Se conocían desde que eran niños. Habían ido juntos al colegio y juntos habían entrado en la universidad. Un día le habló de los horrores que estaba cometiendo el gobierno fidelista y como era la obligación de todo cubano, especialmente de los católicos, oponerse al mismo. La respuesta de Tato fue muy sencilla y directa:

—Tú sabes que nunca he peleado con nadie ni le he hecho daño a nadie. No sabría que hacer si me uniera a la resistencia.

—Pero hay muchas formas de ayudar. Puedes recaudar dinero y medicinas. Puedes llevar mensajes. Y sobre todo algo que es muy importante, puedes buscar escondite a los perseguidos. Piensa en lo que te digo que tengo la seguridad que podrás ayudarnos.

Al día siguiente Tato lo llamó.

—He pensado bien lo que hablamos ayer y comprendo que tienes razón. Todos tenemos la obligación moral de oponernos a esta locura que tanto daño está haciendo a Cuba. Como te dije no soy hombre de acción y lo reconozco. Pero tengo muchas amistades con las que estoy seguro se podrá contar para ayudar a la resistencia. Ya

---

[13] Fidel es producto de una familia anormal (dysfunctional). Es hijo ilegítimo de un soldado español que se estableció en la provincia de Oriente al terminar la guerra de independencia. El español, a pesar de estar casado, tuvo varios con una sirvienta, entre ellos Fidel. A la muerte de la esposa se casó con la sirvienta.

desde ahora tienes a disposición la casa de nosotros y también la que tenemos en la playa, para esconder a los que lo necesiten. Te ayudaré en todo lo que pudiere.

—Sabía que podría contar contigo. Lo único que te pido es que tengas mucho cuidado, pues los chivatos y traidores están que hacen olas.

Muchos fueron los mensajes que Tato llevó y la ayuda que prestó a la resistencia. Y gracias a haberlos escondido él, fueron varios los miembros de la resistencia que salvaron sus vidas. Cuando llegó la invasión de Playa Girón, los católicos fueron de los primeros en ser detenidos. A Tato lo llevaron a las oficinas del G2 situadas en Villa Maristas, donde antes se encontraba el colegio de los hermanos maristas en la Víbora. Al llegar el grupo, el oficial de guardia, poniéndose de pie exclamó:

—Este grupo de aquí, que son los condenados a muerte, van a las celdas de la izquierda. Uno en cada celda.

En el grupo estaba Tato. Esa noche no pudo dormir. A cada rato uno de los guardias abría la puerta gritando:

—Pedro González, venga conmigo.

Tato brincaba en la cama mientras respondía:

—Yo no soy Pedro González.

Poco después no era a «Pedro González,» al que buscaban, sino a «José Pérez» y así fue durante el resto de la noche. Al amanecer estaba destruido física y mentalmente. Llevaba dos días sin comer y casi sin tomar agua. Y entonces comenzaron los interrogatorios. El interrogador estaba sentado detrás de un poderoso reflector que alumbraba directamente la cara de Tato cegándolo. Tato no podía verlo, solamente oía su voz estridente ladrándole preguntas.

—¿Te figurabas que éramos tan estúpidos que podías engañarnos? ¿No ves que eres muy come mierda y maricón para dártelas de vivo con nosotros? Si no me dices quiénes son tus cómplices te voy a partir los huesos uno por uno hasta que no te quede ninguno sano.

Y de repente desde la oscuridad surgía una mano que lo abofeteaba brutalmente. Otras veces era golpeado con un tubo de goma por la espalda. Y así era hora tras hora.

Pero para su propia sorpresa, Tato no hablaba. Era como si estuviera en un cine, viendo una película. No sentía dolor, sino una indiferencia total. ¿Cuándo terminaría la película y se podría ir para su casa? Por la tarde lo llevaron a una habitación donde estaba un teniente comiendo melocotones que sacaba de una lata. Hacía mucho tiempo que no los había en Cuba. El teniente le indicó una silla frente a él. Tato se sentó sorprendido ante el cambio de trato. En su rostro llevaba las huellas de las horas de interrogatorio que había sufrido. Al sentarse, una gota de sangre que le salía de una cortadura que tenía en la mejilla cayó en la mesa manchando el mantel que la cubría. Pero el teniente no se dio por entendido.

—¿Quieres un melocotón? —le preguntó a Tato.

—No, muchas gracias —contestó Tato en una voz que casi no reconocía como la suya.

—Mira, tu eres un buen muchacho y no quiero que te pase nada malo. Estás metido en un lío grande y de ti depende que salgas bien o mal. Sabemos que has estado conspirando con los enemigos de la revolución. No trates de negarlo, pues entre los que creíste ayudar había un agente nuestro, Carlos Rodríguez. Te voy a dar una hora para que trates de acordarte de quienes eran tus cómplices, y si no colaboras con nosotros, vive seguro que no saldrás de aquí con vida —y volviéndose a los agentes les dijo:

—Llévenlo para la celda.

Tato comprendió que estaba perdido. Pero ya en la celda, tuvo una idea que podía salvarlo. Llamó al guardia y le dijo que quería ver al teniente.

Cuando llegó a su presencia, el teniente se sonrió.

—Sabía que volverías. Espero por tu bien que no me hayas hecho venir aquí por gusto.

—No, teniente. Estoy dispuesto a colaborar con Ud.

Y pasó inmediatamente a hacer una lista de personas que eran miembros de la resistencia, entre ellas algunas que él había escondido—olvidándose de decir, por supuesto, que todos estaban a salvo, pues habían logrado escapar de Cuba—. Cuando terminó alargó la lista al teniente. Éste la tomó y después de leerla, ordenó que lo llevaran de nuevo a la celda. Allí estuvo varios días más sin que lo molestaran, pero sin saber cuál sería su suerte. Pero para asombro suyo, una tarde lo llamaron y le dijeron que podía irse. Así, sin nada más. Se fue lo más pronto que pudo. Permaneció tranquilo en su casa y tan pronto se le presentó la oportunidad, salió del país.

Por fin Luis se decidió. Pidió ser admitido en la marina, donde podía brindársele la oportunidad de escapar, pero en lugar de ser asignado a un barco se le envió a una lancha patrullera. Y desde hacía meses esperaba esa oportunidad que nunca parecía llegar.

Muy joven había quedado viuda con una hija. A cargo de una compañía de administración de negocios, nunca le había interesado la política y mucho menos soñado que llegaría a envolverse en una actividad tan peligrosa como la resistencia. Pero el hombre, o en este caso la mujer, propone y Dios dispone y Manuela fue una de las pioneras en la lucha contra Castro. Desde muy niña había oído contar a su madre, española de nacimiento, las atrocidades que durante la guerra civil se habían cometido en España. Las familias divididas, padres, hijos y hermanos en distintos campos, peleando unos contra otros. Sobre todo había un episodio que no podía olvidar, pues cada vez que su madre se lo contaba, las lágrimas corrían por las mejillas de ambas. Un primo de ellas había desaparecido de su pueblo. Desesperada, la madre del joven lo buscaba por todas partes. Un día una vecina, en viaje por Madrid, se topó con él en una calle.

—¿Dónde has estado metido? —le preguntó—. Tu madre cree que estás muerto, te ha buscado por todas partes.

—¿De qué madre me habla usted? —fue la respuesta— Yo no tengo más que una madre, Rusia y la doctrina comunista.

Y la madre y la hija se preguntaban como era posible que una idea pudiera envenenar el alma de una persona tanto que la llevara a negar a la persona que le dio el ser. Y cuando la joven viuda comenzó a ver las atrocidades que la triunfante revolución estaba cometiendo, el recuerdo del hijo que había negado a su madre se volvía más y más claro. El nacionalismo humanista, que en un principio había sido el lema revolucionario, ahora, ante los ojos de todos, se convertía rápidamente en algo extraño y diabólico. Sentía temor por lo que pudiera suceder y sobre todo por su hija. Y cuando hablando con personas amigas supo que ella no era la única que sentía ese temor, comprendió que era necesario hacer algo para enfrentarse y parar al comunismo, que cada vez se hacía más evidente en el gobierno castrista. A través de un sacerdote amigo se unió a un grupo que en la clandestinidad estaba organizando el Movimiento Demócrata Cristiano para luchar contra el castro-comunismo. Y así se convirtió en Manuela. Poco después conoció a Lucas, coordinador nacional del MDC. Dándose cuenta de las cualidades de Manuela, Lucas le encomendó la organización de las mujeres en la provincia de la Habana. Pronto su responsabilidad se extendió a las seis provincias. La misión más importante de la sección femenina consistía en ocultar a los que eran perseguidos por el régimen fidelista. Estos perseguidos tenían que ser movidos constantemente de lugar y ello representaba un peligro enorme para quienes lo hacían. Pero las mujeres de la democracia cristiana, dirigidas por Manuela, se dedicaron a la labor con una abnegación y valor ejemplar. Un 7 de septiembre, al regreso de una visita que hizo a Santiago de Cuba fue interrogada por los agentes de la seguridad nacional cuando salía para la Habana. Le preguntaron que como era posible que una católica, como indicaban la cruz y las medallas que llevaba colgadas de una cadena al cuello, no se quedara para las fiestas de la Virgen de la Caridad, que tendrían lugar el siguiente día. Sin inmutarse les respondió que tenía que regresar a la Habana y además que no le gustaban los tumultos. La dejaron ir, pero dándose cuenta que la seguían, al entrar en el ómnibus que la conduciría a la Habana, al pasar junto a un compañero del clandestinaje que la esperaba, dejó caer un paquete que traía en la mano y al inclinarse para recogerlo, le dijo en un susurro:

—No te acerques a mí. Me están vigilando.

Y cuando llegó a la Habana, y vio a Lucas que la esperaba en la estación de ómnibus, lo miró con fijeza, mientras movía con lentitud imperceptible la cabeza. Pasó junto a él como si nunca lo hubiera visto y se perdió entre los que entraban y salían de la estación. Participó en la fuga de unos soldados de la columna de Hubert Matos que habían sido detenidos por ser fieles a él. Diez y ocho soldados y tres escoltas lograron escapar del Morro. Manuela se hizo cargo de nueve de ellos y los escondió en Playa Veneciana hasta que lograron salir de Cuba. Poco después la detuvieron agentes del G2 y le preguntaron si sabía dónde estaban los presos. Les dijo que no sabía por qué le preguntaban, pues nunca había sido fidelista y no le importaba lo que pasara entre ellos, que si supiera donde estaban los fugitivos se lo diría sin que le quedara nada por dentro, pues no le interesaba la suerte que pudieran correr los que se habían escapado. La respuesta confundió tanto a los del G2, que la dejaron en libertad. Escondió a Antonino, uno de los líderes del MDC de las Villas a quién buscaban los agentes de seguridad del gobierno. Vestido de sacerdote lo ocultó en una casa en la playa de Guanabo hasta que logró salir de Cuba. Un día recibió la visita de una joven perteneciente a una organización clandestina de las Villas, que trabajaba en coordinación con el MDC. Sin que la joven lo supiera, la organización había sido infiltrada por el G2 y sus agentes venían siguiéndola. La detuvieron y con ella a Manuela. Registraron la casa y encontraron la cartera dactilar de Antonino. Las llevaron a las oficinas de la Seguridad del Estado en la Quinta Avenida y la calle 14 en Miramar. Cuando le preguntaron a Manuela qué hacía la joven en su casa y que cómo tenía la cartera dactilar de Antonino, les contestó que la joven había ido a visitarla porque era amiga suya y que Antonino, que era amigo suyo, también la había visitado. Pero no la creyeron y con un grupo de hombres y mujeres pertenecientes a la organización de las Villas, fue llevada para la cárcel de Guanabacoa. Por suerte para ella, no descubrieron nada de su afiliación con el MDC. Permanecieron en Guanabacoa diez o quince días. Después, las mujeres, entre ellas Manuela, fueron llevadas para la cárcel de Guanajay, donde la directora de la prisión, Leila Vásquez, se ensañó con ellas, pero sin lograr intimidarlas. Estuvieron en Guanajay una semana y de nuevo fueron trasladadas para Guanabacoa. Se acusaba a los integrantes del grupo de conspirar contra el gobierno revolucionario. Se celebró el juicio, y aunque no existía ninguna prueba contra ellos, las mujeres fueron sentenciadas a seis años de prisión y los hombres unos a nueve y otros a quince años. Las mujeres permanecieron en la cárcel de Guanabacoa hasta mayo del 61. El Día de las Madres, cuando los visitantes de las presas se estaban retirando, se detuvieron unos camiones de las fuerzas armadas del gobierno frente al vivac.[14] Al ser informadas las presas que iban a ser devueltas a la prisión de Guanajay, se amotinaron, negándose a ir hasta que no quitaran como jefa de esa prisión a Leila Vázquez. Entraron los carceleros y milicianos y a pesar de que las presas se defendieron como fieras, finalmente a chorros de agua, empujones y golpes, en presencia de todos los familiares que se encontraban allí sin poder hacer nada, las obligaron a subir a los camiones. Esta vez iban más de cien presas, pues al grupo anterior habían sumado a muchas jóvenes de las congregaciones marianas que habían sido detenidas recientemente. Sin ellas saberlo, el escándalo producido por el atropello del que fueron víctimas en Guanabacoa, las iba a beneficiar, ya que cuando llegaron a Guanajay, fueron recibidas por funcionarios del Ministerio del

---

[14] **Vivac**: Prisión que existía en los pueblos cubanos en las que se retenía a los presos hasta que eran llevados a las cárceles.

Interior que se encargaron de instalarlas. Estaban solas en la cárcel, pues las presas comunes habían sido trasladadas a otras prisiones. Y unos días más tarde, Leila Vázquez fue trasladada. Pero no todo era color de rosa. La comida consistía en una ración diaria de macarrones hervidos y un líquido grasiento con algunos fideos, que llamaban sopa. En junio del 62 ocho jovencitas se fugaron del penal. La reacción de la dirección fue ordenar a los miembros de la guarnición que cortaran toda la vegetación que existía en el interior y en los alrededores del penal. Mientras los carceleros se dedicaban a esa labor, las presas se burlaban de ellos gritándoles desde las ventanas de sus celdas:

—No las busquen, que ahí no están.

La represalia no tardó, y unos días después llegó una lista con los nombres de presas que serían trasladadas. Manuela era una de ellas. Montadas en camiones del ejército las llevaron para un aeropuerto de la F.A.R., donde les dijeron que iban para Rusia. Mientras estaban en el aeropuerto, fueron constantemente hostigadas por estudiantes de escuelas de primera y segunda enseñanza que habían sido reunidos allí por las autoridades. Las insultaban y les gritaban constantemente «gusanas, paredón» y muchas veces cuando podían, se les acercaban y las escupían. Después de varias horas salieron en un avión que las llevó a Santiago de Cuba. Después de aterrizar, las dejaron encerradas en el avión por más de dos horas. No tenían agua y les habían cortando el aire acondicionado y toda entrada de aire. Dentro de la cabina la temperatura pasaba de los ciento veinte grados y muchas de las presas, completamente deshidratadas, se desmayaron, entre ellas una que llevaba su hija, a la que había dado a luz unos días antes en la cárcel de Guanajay. Al fin las sacaron del avión y las hicieron entrar en camiones cerrados con lonas, que durante el viaje iban custodiados por agentes de la seguridad del estado montados en motocicletas. Para divertirse, de vez en cuando los «escoltas» se acercaban a los camiones y pinchaban las lonas con sus bayonetas, resultando varias presas heridas, entre ellas la madre de la niñita recién nacida. Habían salido de Guanajay muy temprano en la mañana y las tuvieron sin agua ni ningún alimento hasta las siete de la noche, cuando llegaron a un cuartel en Guantánamo, frente a la base americana. Desde el cuartel podían ver las alambradas que separan la base del resto de la Isla. En el cuartel les dieron agua y un panecito a cada una. Siguieron viaje y no pararon hasta llegar a Baracoa. Las alojaron en un vivac del pueblo. No había letrina, solamente un hueco en el piso del que de vez en cuando salían ratas enormes. Para dormir habían catres y colombinas desvencijadas. Estuvieron allí seis meses. Protestaron con un toque de lata[15] porque la comida consistía todos los días en plátanos verdes hervidos. En castigo les cortaron el agua corriente, pero ellas continuaban tocando las latas día y noche y todos los días a las doce, se reunían en el patio a rezar pidiéndole a Dios que les mandara agua. Y todos los días llovía. Las presas se

---

[15] **Toque de lata**: Consiste en golpear fuertemente cualquier utensilio de metal en señal de protesta.

bañaban vestidas y recogían agua para el día siguiente. Durante 17 días sucedió lo mismo, se reunían, rezaban y poco después llovía a cántaros. Los carceleros no sabían que hacer y por fin decidieron ponerles de nuevo el agua corriente y mejorar la comida, que ahora consistía en carne rusa y pan. El toque de lata terminó. Durante ese tiempo el único consuelo que Manuela tuvo fue que su hija había podido salir de Cuba. Aunque en un principio la joven no quería abandonar a su madre, Manuela la convenció que para su tranquilidad era necesario que se fuera, pues vivía horrorizada que por su culpa pudiera pasarle algo terrible a la joven.

Por fin un día supieron que regresaban a Guanajay. Y para allá salieron en enero del 63. Habían estado en Baracoa seis meses. Y para celebrar la partida, las últimas que salieron le dieron candela a las colchonetas de paja que habían amontonado contra las paredes. El vivac ardió hasta los cimientos. Pero esto les costó que cuando llegaron a Guanajay las tuvieron encerradas en las celdas tres meses sin recibir visitas. La alimentación era la misma todos los días: a las tres de la tarde frijoles en agua y un pan. Y eso era todo. Llegaron a estar tan débiles que a algunas, entre ellas a Manuela, tuvieron que ponerles sueros. Viendo el estado tan grave en que se encontraban las presas, las autoridades cambiaron de nuevo, mejorando la comida y permitiéndoles salir de las celdas y recibir visitas. En cada celda había un lavabo y una letrina. Tenían agua corriente una hora por la mañana y otra hora por la tarde. Esa agua era para beber, lavar las ropas y lavarse ellas. Constantemente, día y noche, los altoparlantes del penal, a todo volumen, dejaban oír el himno de la tercera internacional y consignas comunistas. Las presas eran llevadas individualmente a la oficina de la prisión para ser adoctrinadas en teoría marxista y las que se resistían eran encerradas en celdas individuales muy pequeñas, que carecían de ventanas y con un hueco en el piso para hacer sus necesidades. En la puerta de cada celda había una rendija para pasar la comida. Una vez al día la puerta se abría unas pulgadas y le pasaban a la presa un jarro de agua. Dormían en el suelo, sobre la suciedad llena de gusanos y de insectos. Muchas tenían que dormir con las piernas dobladas por no tener las celdas el largo suficiente. Y ahí permane-cían aisladas, por semanas y por meses, en un silencio y una oscuridad permanentes. Las llamaban «las tapiadas.»

Varias veces las presas se amotinaron. Una vez los carceleros entraron en el patio donde estaban las celdas, pero las presas los rechazaron a empujones y a banquetazos. Siete de los guardias fueron a parar al hospital con las cabezas rotas. Para poder dominar la situación los guardias dispararon sus armas de fuego sobre las cabezas de las presas y amenazaron que la próxima vez iban a tirar a matar. No pasaban muchos días sin que hubiera una requisa. Mientras los carceleros vigilaban, las carceleras entraban y se llevaban todo lo que encontraban: libros, hilos, comida, etc, que con tantos trabajos los familiares habían traído a las presas. Y a aquellas que se negaban a dejarse registrar les suspendían el derecho a recibir visitas. Una vez estuvieron «engaleradas» [16]tres meses sin saber por qué. Cuando les tocaba, tenían visitas, pero después las regresaban a sus celdas. A los tres meses las citaron en un patio central y formaron tres grupos con ellas. Un grupo fue asignado para trabajar en un huerto junto al penal; a otro grupo formado por las presas de más edad se le encomendó la limpieza de la cárcel; y el tercer grupo fue asignado a un taller, que con maquinaria robada a sus legítimos dueños, habían construido en el lugar donde antes estaba la capilla. En el taller hacían uniformes para el ejército fidelista. Y así, entre requisas, malos tratos, miserias y hambre pasaban el tiempo las mujeres cuyo único delito había sido no aceptar el comunismo.

El 25 de octubre de 1966 Manuela salió, después de cumplir seis años y doce días de prisión. Poco después la cárcel de Guanajay fue convertida en una prisión para hombres. Algunas de las presas que estaban allí fueron llevadas para el vivac de Guanabacoa donde las pusieron con las presas comunes y las restantes fueron llevadas para la granja «*América Libre*» situada en una finca que antes había sido propiedad de Amador Odio y de su esposa Sara del Toro. Entre las presas que fueron llevadas para la granja estaba Sara del Toro. Cuando trató de salir de Cuba, Manuela se encontró que su pasaporte había sido confiscado por los agentes del G2 que habían registrado su casa años antes. Decidió arriesgarse y fue a la oficina de pasaportes del Ministerio de Estado situada en Calzada y G en el Vedado, a solicitar uno nuevo. Al presentar sus papeles una de las empleadas creyó que había sido seleccionada para salir becada por el gobierno castrista. Le preguntó que a dónde iba y Manuela le contestó que a Polonia. La empleada le prometió que el pasaporte estaría listo en cinco días y así fue. Cuando en el aeropuerto ya estaba lista a abordar el avión, se encontró con un funcionario de la policía secreta que en la cárcel, en muchas ocasiones, había tratado inútilmente de convencerla de que se hiciera comunista.

—¿Qué haces aquí? —le preguntó él cuando la vio.

—Tratando de largarme de aquí para no tener que ver más nunca ni contigo ni con los tuyos —le contestó Manuela.

—Lárgate y no vuelvas más —le dijo él—. Aquí no queremos a la gente como tú. No tienen cabida con nosotros.

Muy contenta Manuela lo obedeció. Y con su nuevo pasaporte procedió a viajar, no a Polonia, sino a los Estados Unidos a reunirse con su hija.

---

[16] **Engaleradas**: sin poder salir de las celdas.

VI

Se sentía destrozada, pero ahora que estaba sola tenía que ser fuerte para salvar a sus cuatro hijas. Hacía muy poco tiempo que habían fusilado a Pepe, y tenían el cinismo de querer que la mayor de ellas, que había sido elegida Reina del edificio, presidiera el baile de carnaval. Y cuando les dijo que cómo podían pedirle semejante cosa habiendo fusilado a su esposo poco antes, le respondieron simplemente que eso no tenía nada que ver con la fiesta, que recordara que tenía que estarle agradecida a la revolución por haberle permitido quedarse en el apartamento después que su esposo había sido fusilado por ser espía de la CIA norteamericana y que ella, como madre, tenía la obligación de hacer que su hija estuviera presente en la fiesta. Y cuando se marchaban, uno de los que venía en el grupo le dijo en voz baja:

—Tenga cuidado con lo que hace, señora, quieren que su hija presida la fiesta y si no lo hace va a traerles consecuencias terribles. La harán a usted responsable de lo que ella decida y están hablando de quitarle a las niñas y mandarlas para Rusia.

¿Pero cómo era posible hacer que su hija fuera a un baile organizado por los mismos que poco antes habían asesinado a su padre?

Le parecía que era ayer cuando el tío de su esposo lo llamó. El gobierno castrista acababa de publicar la Ley de la Reforma Urbana y en la misma se disponía que las viviendas que no estuvieran ocupadas fueran intervenidas inmediatamente por la revolución. El tío tenía un condominio vacío y le dijo que si lo querían se los daba. El edificio era uno de los mejores de la Habana y muy contentos aceptaron la oferta. Rápidamente lo arreglaron todo, y al día siguiente se mudaron. Las cuatro niñas, la mayor, que era una jovencita, las mellizas, que eran las del medio y la más pequeña, estaban encantados con el lugar, especialmente con las dos piscinas. Formaban una familia muy bonita y parecían muy felices. Pero ella tenía un presentimiento muy malo. Pepe ocupaba una alta posición en el estado mayor de la marina de guerra revolucionaria que le daba acceso a documentos e información secretos muy importantes. Y ella sabía que no estaba de acuerdo con la línea pro-comunista que la revolución había tomado. Una vez entró en el apartamento con una amiga y lo sorprendió hablando en voz muy baja por teléfono. Después que la amiga se marchó, una de las mellizas se acercó diciéndole que hacía mucho rato que su padre estaba hablando por teléfono con su tío y que ella necesitaba llamar a una amiguita.

—¿Y cómo sabes que está hablando con su tío —le preguntó casualmente a la niña.

—Porque yo contesté el teléfono cuando llamó.

Esa noche, cuando estaban acostados le preguntó a Pepe que por qué esa tarde estaba hablando con su cuñado con tanto misterio.

—Tuvo una pelea con mi hermana —le dijo tratando de no darle importancia al asunto.

Pero de pronto se viró en la cama y mirándola muy serio le dijo en voz muy baja:

—Hay cosas que es mejor no saberlas.

Y cuando trató de que le explicara que quería decir, le contestó:

—Ten confianza en mí. Recuerda que lo que más quiero en el mundo es a ti, a mi madre y a las niñas. Pero hay cosas a las que un hombre tiene que enfrentarse.

Y un día se presentaron los agentes del G2 en el apartamento. Venían a buscar a Pepe. Se lo llevaron detenido para las oficinas de la Seguridad del Estado en Villa Marista. Al mismo tiempo, en otro lugar de la ciudad detenían a Luis, primo de Pepe y lo llevaron para la Cabaña. Uno que creían ser compañero de la resistencia, pero que en realidad era un agente castrista que se había infiltrado en la organización clandestina Segundo Frente del Escambray, los había delatado. Fueron acusados de actividades contrarrevolucionarias. El cargo contra Pepe era de ser espía de la Oficina Central de Inteligencia norteamericana (CIA) y de haber entregado a la misma información clasificada muy importante de las fuerzas armadas revoluciona-rias. El cargo contra Luis era de conspirar para derrocar al gobierno revolucionario. Fueron presentados ante un tribunal revolucionario en la Cabaña y el mismo día por la noche fue dictada la sentencia. Pepe fue condenado a muerte y Luis a 30 años de cárcel. Al terminarse el juicio a Pepe lo llevaron para una capilla, a Luis para una celda. La sentencia fue apelada. Al día siguiente, muy temprano, ella fue para la clínica donde su hija mayor acababa de ser operada de urgencia. Estando en la clínica la llamaron para informarle que su esposo había sido fusilado.

—¡No puede ser, el fue condenado a muerte, pero la sentencia fue apelada! —dijo sintiendo que la tierra se abría bajo sus pies.

—Sí, es cierto que la sentencia fue apelada, pero el tribunal decidió rechazar la apelación y anoche mismo fue fusilado por traidor a la revolución.

Creyó que se iba a morir. Sin poder creer lo que oía, preguntó que dónde estaba el cadáver.

—Aquí no está, ya fue enviado para el cementerio de Colón —fue la respuesta.

No supo como llegó al cementerio. Ya allí, le señalaron al sepulturero que estaba a cargo de enterrar los cadáveres que traían de la Cabaña.

—No podría decirle dónde está su esposo, pues nos mandan a enterrarlos en una fosa común y no permiten que se les pongan marcas que los identifiquen.

—Pero a él lo fusilaron hoy.

—Pues si es así, está de suerte. Hoy solamente trajeron uno que fue enterrado allí —dijo el hombre señalando un lugar con la mano.

Y allá fue ella, a bañar con sus lágrimas la tierra que cubría al ser querido.

Y ahora, cuando aún sentía el dolor causado por la muerte de su esposo como un hierro candente que le traspasaba el alma, querían obligarla para que su hija participara en una fiesta organizada por sus asesinos. No lo permitiría. No podía permitirlo. Pero recapacitó. Pensó en el peligro que amenazaba a sus hijas. Pepe ya estaba muerto, ahora lo más importante era salvarlas a ellas, impedir que se las quitaran. Y el día de la fiesta la bellísima reina estuvo presente, aunque en todo momento en sus ojos hubiera una infinita tristeza recordando al padre asesinado. La familia nunca se separó, y un día ella y las niñas tuvieron la suerte de poder escapar del infierno comunista.

Luis cumplió quince años de su condena. Entró un hombre joven y salió un hombre maduro. Como no podían entender que él no supiera nada de lo que hacía su primo, varias veces lo sacaron de la Cabaña y lo llevaron para Villa Marista. Allí lo tuvieron encerrado por semanas en una celda aislada en la que no entraba ninguna luz. Le pasaban los alimentos por una puertecita muy pequeña que había en la parte de abajo de la puerta. El desayuno consistía en agua caliente con canela, horas después le traían lo que llamaban almuerzo, algunas veces un arroz pegajoso lleno de gusanos que era muy difícil de tragar, otras veces plátanos salcochados con mucha sal y cuando era así, le daban muy poca agua, haciendo que la sed fuera espantosa. En la celda no había letrina, solamente una lata de conservas de 32 onzas, donde tenía que defecar y orinar. Por supuesto, muy pronto la lata estaba llena y entonces tenía hacer sus necesidades en el piso. Aunque el calor hacía que los orines se evaporaran, el olor se hacía insoportable. Los primeros días que estaba allí le daban el desayuno, horas después el «almuerzo» y poco después volvían a traerle el agua caliente con canela que era el desayuno. Como no veía el sol, perdía el sentido del tiempo y nunca sabía si era de día o de noche ni cuanto tiempo llevaba encerrado. Cuando lo sacaban para interrogarlo, la luz de una bombilla eléctrica amarilla que había en el pasillo le lastimaba las pupilas como si fuera la luz de un reflector. En una ocasión lo llevaron para Villa Maristas en el invierno y lo encerraron vestido con una camiseta y unos pantalones. Como padecía de asma, el frío y la humedad le produjeron una bronquitis asmática. Cuando necesitaba dormir, no podía acostarse, pues se ahogaba por falta de aire y tenía que dormir sentado, recostado a la pared fría. Estuvo encerrado allí por muchos días, en la mayor oscuridad y sin ver a nadie. Esa vez cuando lo sacaron para interrogarlo, no podía caminar derecho, se iba de lado. Llegó al cuarto donde lo iban a interrogar y después de sentarse en una silla, por un momento no supo donde estaba. Un dolor terrible en la cabeza lo hizo reaccionar. Después supo que le habían «pegado un sapo,» nombre que dan los presos políticos en Cuba al golpe que le dan a la víctima simultáneamente en ambos oídos con las manos abiertas. La presión del aire comprimido hace que la víctima sienta un dolor terrible, como si la cabeza le fuera a estallar y muchas veces el daño que se produce es permanente, pues se revientan los tímpanos y la persona queda sorda. Luis tuvo suerte, solamente le reventaron uno. Y todo había sido porque el que lo interrogaba consideró un insulto a su autoridad que el desfallecido prisionero perdiera el conocimiento. Luis no podía explicarse que había pasado, hasta que tiempo después, de regreso en la Cabaña, un preso, que era médico le explico que no se había quedado dormido, que lo sucedido había sido que como en la celda en que había estado encerrado no había mucho oxígeno, y como tenía asma, se acostumbró a hacer aspiraciones muy profundas para hacer llegar suficiente aire a los pulmones. Y cuando llegó a la habitación para ser interrogado, la abundancia de oxígeno en la misma, hizo que al respirar profundamente, como se había acostumbrado a hacer, aspirara demasiado oxígeno y como consecuencia perdiera el conocimiento. La arrogancia de un canalla ignorante lo había dejado sordo. Llevaba dos años en presidio cuando su esposa se divorció de él. La mujer se había integrado en el sistema y poco despues se convirtió en agente de la Seguridad del Estado. Llevaba Luis trece años en la Cabaña cuando lo trasladaron para Pinar del Río, donde lo enseñaron a operar equipo pesado y lo pusieron a trabajar en las minas y en la construcción del proyecto Ciudad Sandino, lugar donde el gobierno fidelista llevó a vivir a muchos de los sobrevivientes de los centenares de familias campesinas que habían sido desalojadas del Escambray, Las Villas, al comenzar la campaña contra los alzados de la región, conocida como «La Primera Limpia.» Allí conoció Luis a la hija de otro preso político que había ido a visitar a su padre y se enamoraron. Y cuando al fin Luis quedó libre se casaron. Vivieron por un tiempo más en Cuba, hasta que tuvieron la oportunidad de irse de la Isla con sus hijas.

Muy pronto después del triunfo de la revolución comenzó a oír comentarios de los trabajadores que como abogado representaba:

—Doctor, aquí está pasando algo muy raro. Los ñángaras[17] se están metiendo en los centros de trabajo y en los sindicatos, y están ocupando posiciones importantes, aunque no sean las más visibles. Y lo peor es que todo lo están haciendo con la ayuda del gobierno.

Desde comienzos de la revolución Fidel había mantenido una actitud anticomunista. La había mantenido cuando fue entrevistado en la Sierra Maestra en febrero de 1956 por Herbert Matthews corresponsal del diario *New York Times*. Y la seguía manteniendo dos años después, en febrero de 1958, cuando declaró a un corresponsal de la revista *Coronet* que lo entrevistó en la Sierra que «la revolución

---

[17] **Ñángara**: Así se llamaba en Cuba a los comunistas

era humanista y tan cubana como las palmas» y que «era necesario estar muy alerta porque existía el peligro que los comunistas se aprovecharan del vacío que iba a producir la caída del gobierno de Batista.» Y después del triunfo de la revolución, en un discurso que pronunció el 21 de mayo de 1959 y que fue reproducido en el diario *Prensa Libre* el 23 de mayo, Fidel atacó duramente el partido comunista cubano y a sus dirigentes.

Pero ahora los mismos obreros que habían apoyado a Fidel durante la lucha contra Batista, comenzaban a preocuparse por la infiltración comunista en el gobierno revolucionario. Creyó que era necesario prestar atención. Pronto pudo convencerse que algo siniestro estaba pasando. El 30 de junio de 1959 el Comandante Pedro Díaz Lanz, Jefe de la Aviación Rebelde, envió una carta-renuncia al Presidente provisional, Dr. Manuel Urrutia, alegando como motivo de su renuncia la infiltración comunista en el ejército rebelde; el día 13 de julio el Presidente provisional, en una entrevista televisada desde el Palacio Presidencial, denunció las maniobras comunistas; el día 17 Fidel compareció en un programa de televisión ante un panel de periodistas y atacó ferozmente al Presidente provisional, quién renunció esa misma noche a su alta magistratura, después de haber sido amenazado en el propio Palacio Presidencial por un grupo de rufianes fidelistas de que lo iban a tirar por una ventana. El doctor Urrutia estuvo asilado en las embajadas de Venezuela y México, saliendo del país como exiliado político antes de cumplirse los dos años de su renuncia.[18] En carta fechada el 19 de octubre de 1959, Hubert Matos, Comandante del ejército revolucionario y jefe de la provincia de Camagüey también renunció como protesta por la infiltración comunista en los aparatos del gobierno revolucionario. La carta renuncia y una carta dirigida a Fidel Castro por la esposa del comandante Matos fueron publicadas el día 24 en el *Diario_de la Marina*. La respuesta de Fidel fue feroz. Ordenó la detención de Matos. El comandante fue acusado de traición y condenado a 30 años de cárcel. A partir de la condena de Hubert Matos, el gobierno fidelista aceleró su paso hacia el comunismo. Los discursos del propio Fidel y de los altos jerarcas del gobierno, especialmente de Raúl Castro y del Che Guevara señalaban claramente la nueva dirección que estaba tomando la revolución: ataques al gobierno norteamericano, frases de elogio y confraternidad con los países del bloque comunista y promesas de ayuda por parte de la Unión Soviética. Y la confirmación definitiva llegó el primero de diciembre de 1961, cuando en un discurso televisado a toda la Nación, Fidel declaró:

—Soy marxista leninista, fui marxista leninista y seré marxista leninista hasta el día de mi muerte. No lo había dicho antes porque el pueblo de Cuba no estaba preparado para oírlo.

---

[18] José Duarte Oropesa, *Historiología Cubana, Desde 1959 hasta 1989 (La revolución traicionada)*, 1ra. Ed., 4 vols. (Miami: Universal, 1993) 4: páginas 107-11.

La nueva actitud del gobierno fidelista no lo tomó por sorpresa. Ya desde hacía tiempo él era uno de los organizadores de la resistencia. Con sus contactos dentro y fuera de Cuba había podido sacar a algunos perseguidos y desafectos, entre ellos a varios miembros del poder judicial. Pero tenía que andar con mucho cuidado. Al principio era muy difícil cualquier oposición al gobierno de Castro. Constantemente existía el peligro de una delación. Pero así y todo se fue estructurando la clandestinidad. Primero fueron núcleos muy pequeños que fueron creciendo hasta convertirse en movimientos nacionales. Y cuando era posible, dadas las circunstancias, estos movimientos se esforzaban en ayudarse y en trabajar coordinadamente. Desde el último piso del edificio FOCSA, él y unos amigos habían lanzado unas proclamas. Estaban firmadas por el *Movimiento Anticomunista Cubano* y fue una de las primeras denuncias en que se acusaba públicamente al gobierno fidelista de ser de tendencia comunista. Para protegerse contra los espías del gobierno, dejaron caer los papeles por una ventana del pasillo del último piso del edificio y bajaron rápidamente en un elevador. El aire que siempre existía a esa altura, voló los papeles y les permitió a ellos llegar hasta el vestíbulo del edificio. Y ya sentados allí pudieron ver la lluvia de panfletos que comenzó a caer por todos los alrededores. A pesar de los numerosos agentes de la seguridad que llegaron y de los muchos chivatos que habían en el FOCSA, los culpables no fueron descubiertos.[19]

Lo que más le preocupaba era la represalia de que sería víctima su familia si descubrían sus actividades. Comenzó a hacer todas las gestiones para enviar a su hija y esposa a los Estados Unidos. Varios acontecimientos que sucedieron, sobre los cuales no tuvo ningún control, habrían de apresurar la partida de ellas

Acababa de almorzar un día en su casa cuando sonó el teléfono. Era un amigo que quería consultarle un asunto legal. Se sentó en el pasillo, frente a la puerta abierta de su habitación, al fondo de la cuál, sobre la cabecera de la cama, se abría la ancha ventana de persianas de cristal. Desde el piso diez y ocho del edificio la vista era magnífica. La ciudad se extendía al este hasta perderse de vista más allá de la bahía. De repente sintió como si el edificio hubiera sido golpeado por el puño de un gigante, al tiempo que se oía una tremenda explosión y unos segundos después aparecía una nube negra en forma de hongo que se elevaba rápidamente hacia el cielo, cubriendo una gran parte de la ciudad y de la bahía. Por unos instantes pensó horrorizado que le había tocado presenciar una explosión atómica. ¿Estarían atacando la Isla con proyectiles atómicos? Pronto los programas de televisión y radio fueron interrumpidos para dar la noticia que el buque francés La Coubre, cargado de explosivos y armamentos para el ejército fidelista, había estallado en los muelles de la bahía de la Habana. Inmediatamente la propaganda comunista utilizó la tragedia en provecho propio. Poco después de la explosión, Fidel se dirigió al pueblo acusando violentamente a los contrarrevolucionarios y a la CIA norteameri-

---

[19]**Chivato:** En Cuba delator

cana de haber saboteado la nave francesa provocando la explosión de la misma y pidió el castigo más fuerte para los autores. A partir de ese momento la persecución por parte de los aparatos de represión del gobierno castrista contra los que no simpatizaran con el régimen se hizo más implacable. Aunque nunca se encontró a las responsables ni se supo la causa de la explosión ni el número de muertos, que se rumoraba habían pasado de la centena, la explosión de *La Coubre* fue utilizada por el régimen castrista como un arma poderosa para tratar de justificar ante el mundo las atrocidades que venía cometiendo contra aquellos que se le oponían.

Poco después, una noche, alrededor de las once, la esposa, ya acostada, sintió que tocaban a la puerta. Como él estaba hablando con algunos amigos en los jardines del edificio, ella pensó que había olvidado la llave y se levantó para abrirle. Al abrir la puerta dos o tres hombres la empujaron violentamente y entraron apuntándole al pecho con ametralladoras, mientras le preguntaban bruscamente dónde estaba el esposo. Sintió que el frío de los cañones de las armas que sentía apretadas contra ella parecía extenderse por todo su cuerpo y no pudo contestar.

—¿Dónde está su esposo? —volvió a preguntarle con violencia uno de los hombres.

—Creo que en el jardín —pudo contestar al fin en una voz que era un murmullo.

—Échese a un lado que tenemos que entrar —dijo el que parecía el jefe.

—Por favor, déjeme ir al cuarto a cubrirme con algo. Siento mucho frío —dijo sintiendo un frío que la hacía tiritar.

El ruido y las voces desconocidas despertaron a la hija que dormía en su cuarto y al salir a la sala vio a la madre apoyada contra una pared y a varios hombres apuntándole con sus armas. Aterrorizada comenzó a llorar y entre sollozos llamaba a la madre.

—Vaya y calle a esa chiquilla —le dijo el que hacía de jefe. Rápidamente ella se dirigió a la hija y abrazándola la llevó para su habitación. La niña estaba tan asustada que no se movía ni hablaba. Solamente sollozaba.

Mientras tanto media docena de hombres armados con ametralladoras invadían la casa y comenzaban a registrarlo todo. Al llegar frente al refrigerador uno de los agentes abrió la puerta y de la misma cayó un envase con helado. El hombre dio un salto hacia atrás mientras apuntaba hacia el envase con el arma, los ojos tan abiertos que parecían dos platos. Como si tuviera miedo que hubieran granadas con sabor a mamey.

Un jovencito, Segundito Borges, hijo del ex-gobernador de la provincia de las Villas, que vivía en el FOCSA, vio subir a los agentes del G2 y disimuladamente los siguió. Vio donde entraban e inmediatamente bajó al jardín para decirle que estaban en su apartamento.

Pensando lo que estarían pasando su esposa y su hija le parecía que el elevador nunca llegaría al piso 18. Por fin llegó y cuando abrió la puerta se encontró con varios hombres armados, mientras otros hacían un registro minucioso de todo. El registro llevó más de tres horas y cuando terminaron sin haber encontrado nada, él bajó con ellos. Quería decirle lo que pensaba al portero por no haberles avisado, como era su obligación, que tenían visitantes. Al salir del elevador, el mismo portero estaba allí y señalándolo con el dedo, le dijo a un grupo de desconocidos que estaban en la entrada del edificio:

—Ése es.

El grupo se dirigió hacia él y uno le dijo:

—Suba con nosotros que tenemos órdenes de registrar su apartamento.

—Estos señores acaban de hacerlo —le respondió.

—Sí, es verdad, hemos registrado muy bien y no hemos encontrado ...

El que había hablado primero lo cortó tajante:

—A mí no me importa lo que ustedes hayan hecho. Tengo órdenes de registrar y voy a hacerlo.

Estuvieron hasta las primeras horas de la mañana y se marcharon sin haber encontrado nada.

Solamente él sabía que escondido en el apartamento había lo suficiente para que lo condenaran a muerte.

Pocos días después la esposa y la hija salieron de Cuba.

Todas las noches cuando se acostaba pensaba si volvería a verlas. Y cada vez que uno de los compañeros de la resistencia era descubierto se preguntaba por qué había sido otro y no él. Y recordaba el libro de W. Somerset Maugham *El filo de la navaja*, que tantas veces había leído desde que era muy joven.[20] Pero como dirigente de una de las organizaciones de la resistencia, sabía desde un principio que era necesario seguir luchando para liberar a Cuba de los asesinos que la habían secuestrado y violado. Se preparó un atentado contra Fidel. Cuando iba a los estudios de la emisora de radio y televisión CMQ, el tirano tenía la costumbre de entrar por la entrada del fondo de la emisora en la calle 21. Desde el momento que se bajaba del automóvil, cruzaba la acera, subía unos escalones y entraba al edificio, era un blanco excelente para un buen tirador. Al fin se encontró al individuo ideal para ejecutar la misión. Había sido militar en el Ejército Constitucional y era un excelente tirador. Después de unas semanas de practicar con un rifle checoeslovaco de gran alcance con una mirilla telescópica de gran precisión, el ex-militar no fallaba nunca usando calabazas y cocos como blancos. Al fin llegó el día esperado. Se había anunciado el día y la hora en que Castro se iba a dirigir al pueblo por la televisión desde los estudios de la CMQ. Todo estaba listo, el tirador no podía errar desde la ventana de un edificio cercano. Pero cuando la caravana de autos estaba a pocas cuadras de distancia, comenzó a llover torrencialmente. Castro no se bajó en la calle. Los autos de la comitiva entraron en el garage de la estación y una vez más su aliado, el demonio, lo había salvado por los pelos. Poco después se supo que el ex-

---

[20] El personaje principal de *El filo de la navaja* —en inglés *The Razor Edge*— trata de encontrar sentido a la vida después que un compañero muere en lugar de él.

militar era buscado por el G2. Como en ese momento no había un lugar seguro donde ocultarlo, Andrés, un médico miembro de la resistencia, lo ingresó bajo un nombre falso en una clínica del Vedado con el pretexto de tratarle una «colitis aguda» que padecía. Para simular la enfermedad y no despertar sospechas entre los empleados y colegas, algunos de ellos fidelistas furibundos, por las mañanas y por la tarde, sin que nadie lo viera, el médico le daba un vaso de agua de pluto al paciente. Por supuesto, la «colitis» no mejoraba pero llegó el día en que el «enfermo» no pudo soportar más.

—Doctor, no aguanto más esto. Prefiero que me fusilen a seguir tomando el agua de pluto. Tengo los intestinos en carne viva y cada vez que voy al baño lo que echo es sangre. O me sacan de aquí o me entrego para que hagan conmigo lo que quieran. Cualquier cosa será mejor que esto.

A partir de aquella tarde el médico no le dio más el agua de pluto y dos días después de su «cura» lo dio de alta. Estuvo escondido en distintos lugares y cuando ya su situación parecía desesperada, ocurrió algo extraordinario. Estaba escondido en casa de un primo y ya no quedaba otro lugar seguro dónde llevarlo. El primo sabía que si lo encontraban en su casa tanto él como su esposa serían severamente castigados, pero no podía abandonarlo. En eso estaban cuando un día fue a visitarlos una vecina. Era una fidelista rabiosa. Aún no se habían sentado cuando les dijo que sabía que tenían escondido en la casa al primo. Al oírla se quedaron paralizados de terror, sin saber que decir. Pero su sorpresa fue mayor cuando a continuación la mujer les dijo que estaba dispuesta a llevar al perseguido para su casa, pues nadie podría sospechar que estuviera allí. Y esa misma tarde, en el baúl del automóvil, fue para la casa de la señora fidelista. Y allí estuvo escondido hasta que le dieron asilo en una embajada. Dos años después se infiltró en Cuba y fue muerto en el Escambray, peleando contra la dictadura comunista.

¿Por qué la señora actuó como lo hizo? Nunca lo dijo.

La vida de los que estaban en la resistencia era muy dura. La más pequeña indiscreción podía traer fatales consecuencias, no solo para quien la cometía, sino también para otras personas. Era mejor guardar para uno mismo y para un grupo muy pequeño de íntimos colaboradores de la clandestinidad lo que se sabía y lo que se hacía. Mientras menos se supiera, menos sería el peligro. Y al principio para él era muy difícil no confiar en personas que conocía por muchos años. Pero tuvo suerte y fue aprendiendo. Tal vez lo más importante que aprendió fue lo difícil que era juzgar a otros. Era muy simple decir: «Yo no hubiera hecho eso nunca,» pero, ¿era tan fácil? Por muy fuerte que sea un ser humano siempre existe un punto en que se quiebra su resistencia. Ya lo había dicho mucho antes el refrán: «Es muy fácil nadar cuando se está fuera del agua.» Vio a un hombre joven, fuerte y corajudo, casi desmayarse cuando pensó que iba a ser detenido en el momento en que transportaba unas armas con unos compañeros. Y vio a otro, delicado y débil que batiéndose con los agentes de la seguridad nacional comunista, salvó la vida a un grupo de compañeros de la resistencia que fueron sorprendidos en una casa donde se guardaban armas y se imprimía propaganda anticastrista. Mientras el jovencito detenía a los agentes a tiro limpio, los que estaban en la casa pudieron escapar saltando una cerca que había en el fondo de la casa. Y después que todos estuvieron a salvo, el jovencito también se escapó. Y cuando más tarde lo felicitaban por lo que había hecho se sonrojaba bajando la cabeza avergonzado.

Lo más importante era pensar rápido. Mientras viviera recordaría el día que iba con unos amigos en una misión. El maletero del carro estaba lleno de armas y medicinas que iban para el Escambray. De repente se paró el auto en una calle en el reparto Almendares y no había forma de que comenzara a andar de nuevo. En esas estaban cuando súbitamente se vieron rodeados de hombres armados con ametralladoras.

—Pongan las manos donde puedan verse. ¿Quiénes son ustedes y que hacen aquí? —preguntó el jefe del grupo—. ¿No saben que aquí no se pueden parar?

Habían tenido «la suerte» que el carro se parara casi frente a la casa que había sido del General Tabernilla durante la época de Batista y que ahora estaba ocupada por el ejército fidelista.

Comprendiendo que si encontraban lo que llevaban en el baúl todos serían fusilados, trató de pensar en algo que pudiera salvarlos. Y entonces, como un rayo, recordó un episodio que había oído contar muchas veces en su casa cuando era niño:

Durante la revolución contra Machado un día el líder estudiantil Pío Álvarez iba a pasar el río Almendares en dirección para la Habana. En el baúl del auto llevaba armas y municiones. Cuando ya estaba en el Puente de Hierro vio que al terminar el puente estaba la policía registrando los autos que pasaban. No podía volverse pues ya habían otros carros detrás del suyo. Cuando le faltaban unos metros para llegar al punto donde estaban los policías, detuvo el carro y fingió que no quería arrancar de nuevo. Al ver el coche parado dos policías se acercaron con los rifles preparados.

—¿Qué pasa? Siga adelante —le dijeron de mala gana.

Y entonces Pío con la actitud más inocente del mundo les respondió:

—Se me ha parado el cacharro y no quiere arrancar. ¿Me pudieran dar un empujoncito? —les dijo.

Tomados de sorpresa, los dos policías se acercaron y comenzaron a empujar. Pío hacía como si el carro quisiera arrancar, pero disimuladamente, cuando arrancaba, volvía a apagarlo. En esto pasaron frente al punto de registro y los policías que estaban allí se unieron a sus compañeros para ayudar a quitar el automóvil del medio. Cuando Pío vio esto, arrancó de nuevo, pero esta vez no apagó y cuando el coche comenzó a caminar los policías le gritaron que no se parara, que siguiera. Pío sacó la cabeza por la ventanilla y a gritos les dio las gracias, mientras se alejaba tranquilamente del lugar. Sin sospechar nada los policías volvieron a sus puestos y continuaron el registro de los coches que llegaban.

Pidiéndole a Dios que ninguno de los agentes de la seguridad nacional conociera la anécdota, él les dijo que se les había parado el automóvil y que como era de cambio automático, necesitaba que lo empujara otro automóvil. Y entonces el jefe del grupo subió al carro y trató de arrancarlo y como no pudo mandó a uno de los agentes que trajera un carro y lo empujara. Cuando el coche arrancó le dieron a gritos las gracias a sus benefactores y salieron de allí lo más rápido que pudieron. Unos minutos después el que manejaba suspiró al tiempo que decía:

—Coño, ahora vuelvo a respirar.

Y los otros estuvieron de acuerdo que hablaba por boca de todos.

Como abogado intervino como defensor en varios juicios ante los tribunales revolucionarios y desde un principio había visto la falta total de garantías y el desconocimiento absoluto de los principios de procedimiento criminal que existían en esos tribunales. Se consideraba al acusado culpable de entrada y no había nada que se pudiera hacer para evitar que fuera condenado. Y al defender a un acusado, el abogado defensor corría el riesgo de terminar sentado también en el banquillo de los acusados. En un juicio celebrado en Santa Clara, Las Villas, el Dr. Cebreco, abogado defensor de un individuo acusado ante un tribunal revolucionario de actividades contrarrevolucionarias, fue el protagonista de un hecho sin precedente en ningún país civilizado. Al hacer sus conclusiones el fiscal pidió pena de muerte para el acusado y 30 años de cárcel para el abogado defensor por haberlo defendido. Una turba de milicianos y de agentes castristas se abalanzó sobre el Dr. Cebreco y lo llevaron para la cárcel. Suerte tuvo el Dr. Cebreco que el criminalista Dr. José Sánchez-Boudy, fuera rápidamente desde la Habana para Santa Clara y que después de muchas gestiones obtuviera su libertad. En otra ocasión el propio Dr. Sánchez-Boudy se hizo cargo de la defensa de un miembro de la Fuerza Aérea Revolucionaria que había sido sorprendido tratando de subir a un avión y fue acusado de intentar salir de Cuba. El juicio tuvo lugar en la cárcel, vieja y medio abandonada, de un pueblo pequeño de la provincia de la Habana. El fiscal pedía pena de muerte y cuando se terminó el juicio el tribunal compuesto de tres militares barbudos se retiró a deliberar. Y cuál no sería la sorpresa del Dr. Sánchez-Boudy, cuando vio que para decidir sobre la vida o la muerte de un ser humano, los miembros del tribunal se habían reunido junto a un árbol para «deliberar» mientras orinaban.

Pero a pesar de todo, había que defender a los acusados. Una vez se hizo cargo de la defensa del hijo de Salvador Parrado, un buen amigo suyo. El joven había sido soldado en el ejército constitucional y ahora lo acusaban ante un tribunal revolucionario. Durante el transcurso del juicio, que se celebró en un salón en el campamento de Columbia, él probó que la acusación era totalmente falsa, que se trataba de una venganza personal. Como a las tres de la mañana, cuando el juicio estaba casi terminado, se presentó ante el tribunal un teniente, ayudante del Che Guevara. Parecía un soldadito de juguete con su cara sonrosada y su uniforme militar limpio y cuidadosamente planchado. Llamó a un lado a los miembros del tribunal y a gritos, para que lo oyeran todos los que estaban presentes, les dijo que como el que había hecho la denuncia era amigo suyo no había que andar buscando ninguna prueba, que Parrado era culpable, pues así lo decía su amigo, que el asunto había llevado demasiado tiempo y que terminaran de una vez, añadiendo que si el abogado defensor continuaba prolongando el caso, lo condenaran a él también. Y se fue, contoneándose en su flamante uniforme y seguido de dos guardaespaldas con ametralladoras.[21] Cinco minutos tardó el tribunal en dictar sentencia. Parrado fue sentenciado a treinta años de prisión. Unos días después de ser condenado, Parrado y dos prisioneros más lograron escapar de Columbia y salir de Cuba.

Durante esa época conoció a «Lucas» el legendario líder de la resistencia. Desde que se conocieron simpatizaron y cuando Lucas lo invitó a incorporarse al MDC del cual era Coordinador Nacional aceptó. Junto a Lucas organizó el MDC en las provincias de Pinar del Río y la Habana.

---

[21] Este teniente, actualmente profesor en una universidad en los Estados Unidos, tenía por costumbre hacer esos alardes de poder para sentirse importante. Horas después que el dirigente ruso Anastas Mikoyan depositó una ofrenda floral frente a la estatua de José Martí en el Parque Central, el 5 de febrero de 1960, un grupo de estudiantes de la Universidad de La Habana y de Villanueva, llevaron otra ofrenda y pisotearon y rompieron la del dirigente ruso. Dieciséis fueron detenidos y encarcelados y cuando un grupo de compañeros acudieron a pedir ayuda al referido teniente, que había sido alumno de esa Universidad, éste les respondió violentamente que si volvían a molestarlo con otra petición semejante, los llevaría ante un tribunal revolucionario. En 1963, de viaje en Europa, pidió asilo político en Italia y poco después, a pesar de la oposición de todas las organizaciones cubanas en el exilio, el Departamento de Estado de los Estados Unidos le permitió la entrada en el país.

VII

Cuando se hable de la lucha contra Castro no puede dejarse de mencionar el nombre de «Lucas,» nombre con el que era conocido en la clandestinidad José Fernández Badué, Pepín.

A la edad de siete años, quedó huerfano de padre. Muy joven entró en el seminario San Carlos. Años después, cuando ya estaba bien adelantado en sus estudios, al enfermar la madre de gravedad, tuvo que dejar el seminario y volver a Santiago de Cuba para hacerse cargo de la familia, formada por la madre y varios hermanos y hermanas menores.

Cuando Fidel Castro llegó al poder, Pepín, ya casado y con varios hijos, era secretario auxiliar de la Junta de Educación y presidente del Consejo Diocesano de Acción Católica de Santiago de Cuba. Poco después del triunfo de la revolución, Monseñor Pérez Serantes, Arzobispo de Santiago de Cuba, que varios años antes había salvado la vida a Fidel, se dio cuenta del camino que estaba tomando el gobierno fidelista y así se lo comunicó a sus allegados. [22] Y entre ellos estaba Pepín, a quién el Arzobispo consideraba como a un hijo. Pronto, y a causa de la represión feroz que comenzó a ejercer el gobierno contra los católicos que se oponían al comunismo, la lucha abierta se convertiría en resistencia clandestina y Pepín tomaría el nombre de «Lucas.» Como Lucas, organizó el Movimiento Demócrata Cristiano primero en Santiago y después en toda la provincia de Oriente. Junto con Monseñor Pérez Serantes y un grupo de amigos, fue uno de los organizadores del viaje de la Virgen del Cobre a la Habana, que puso de manifiesto las profundas raíces católicas del pueblo cubano, habiéndose hecho una movilización general en la que participaron millones de personas, que culminó con una misa en la Plaza de los Tribunales, en la Habana, a la que concurrió una multitud inmensa a orar por el futuro de Cuba frente a la sagrada imagen. Por gestiones de Fernández Badué, Raúl Chibás, entonces Presidente de los Ferrocarriles Unidos, dispuso que se vendiera el pasaje

---

[22] Durante el ataque al cuartel Moncad el 26 de julio de 1953, Fidel se había quedado fuera del cuartel y cuando se dio cuenta que el ataque había fracasado se escondió en casa de un médico amigo suyo. De allí lo llevaron al Asilo San José de las monjitas de los Ancianos Desamparados y más tarde lo llevaron al Arzobispado, habiendo sido Monseñor Pérez Serante quien lo presentó al jefe militar de Oriente, salvándole la vida.

de ida y vuelta Santiago-Habana por la cantidad de dos pesos, facilitando así el viaje a innumerables personas a las que no les hubiera sido posible concurrir al homenaje si hubieran tenido que pagar el precio normal del boleto.

Desde las páginas de *El Oriente* y de *Prensa Universal*, dos periódicos de Santiago de Cuba, Pepín no se cansaba de atacar fuertemente las ideas marxistas a las que parecían muy inclinados altos funcionarios del gobierno fidelista. Desde la oficina de la Juventud Católica de Santiago, en colaboración con el padre Jorge Bez Chabebe, publicó un folleto en recordación de las atrocidades cometidas por las tropas de la Unión Soviética en Hungría, en el que aparecían fotos de niños, mujeres y ancianos que después de ser brutalmente torturados habían sido asesinados. Un día lo mandó a buscar el secretario general del partido comunista de Santiago, a quien conocía de muchos años y al que había hecho un favor recientemente. En la oficina del secretario general se enteró que éste había sido nombrado por el gobierno para que revisara todo lo que se iba a publicar en los diarios y revistas de Santiago de Cuba. Y ya en su presencia, sin ningún preámbulo, el flamante censor le dijo:

—Nos conocemos desde hace muchos años y te agradezco el favor que me hiciste el otro día, pero tienes que darte cuenta que esto es de nosotros y no se puede escribir ni publicar nada que sea anticomunista. Te aconsejo que no pierdas tu tiempo y que no te busques problemas.

Lucas no le hizo caso y poco después llevó un artículo a *Prensa Universal* en el que atacaba la política del gobierno, diciendo entre otras cosas: «Si el régimen actual sigue como va, dentro de poco todos tendremos que pertenecer al gobierno porque se convertirá en una dictadura totalitaria...»[23] «Tendremos que pertenecer al partido...» «No podremos tener hijos sino cuando el partido lo quiera...» «Será la destrucción de la familia...» «Ya se están creando los círculos infantiles para adoctrinar a los niños...»

Esta vez lo citaron en la jefatura militar y el comandante jefe lo amenazó de muerte. Sin inmutarse Lucas le contestó:

—Comandante, la diferencia entre Ud. y yo es que para Ud. la muerte es el fin y para mí es el principio, pues mi vida comenzará cuando llegue a Dios. Si me mata me hace un favor. Por un momento el comandante se quedó mirándolo fijamente y después le dijo:

—Vete de aquí pues la próxima vez que te traigan ante mí te mando a fusilar y no quiero tener que hacerlo.

Y volviéndose al hermano de Lucas que estaba presente y a quien conocia, le dijo:

—Llévatelo de Santiago porque si se queda voy a tener que matarlo. Estos católicos son fanáticos y la única manera de hacerlos aprender es con las balas.

---

[23] Dictadura totalitaria es aquella en que todas las esferas de la vida del ciudadano están controladas por la dictadura. En cambio, dictadura autoritaria es aquella en que solamente el aspecto político es controlado por el gobierno, teniéndo el individuo libertad en las otras esferas de su vida.

Se fue con la familia para la Habana, donde comenzó inmediatamente a organizar el MDC nacionalmente. Encontró una organización embrionaria y acéfala, ya que poco después de inscribirla, muchos de sus fundadores se habían ido al exilio. En muy poco tiempo bajo su dirección, el MDC llegó a ser uno de los movimientos clandestinos más fuerte y activo en la lucha contra Castro.

En una obra del propio gobierno cubano, publicada por la Editorial Trébol de Madrid y México, titulada *El Chairman y yo*, en la página 34 se lee:

El Movimiento Demócrata Cristiano era una organización creada por elementos vinculados a los sectores de derecho de la Iglesia Católica cubana, y usados por la CIA, posteriormente, en diferentes planes contra Cuba. En esos momentos iniciales, lo integraba un grupo de personas dirigidas por José Fernández Badué (Pepín)[24]. Los órganos de seguridad cubanos lo detectaron enseguida, abrieron un expediente conocido como *Caso Murciélago*, y mantuvieron bajo observación el proceso conspirativo de esa organización, mientras estuvo en la fase de las habladurías, pero cuando se tuvo pruebas de la preparación de actos violentos para los que estaban almacenando armas y explosivos, las autoridades actuaron de inmediato.

Una noche estando Lucas oculto en un apartamento en el Vedado en el que se suponía que no hubiera nadie, por estar fuera del país la familia que vivía en el mismo, sintió que llegaban varios carros patrulleros. Desde una ventana comprobó que el edificio estaba rodeado por agentes del G2. Como tenía en su poder unos documentos que comprometían a varias personas de la resistencia, procedió a romperlos. Iba a echar los pedazos en el inodoro cuando pensó que el ruido podía ser oído desde abajo y sin pensarlo más empezó a comérselos. A todo esto el teléfono comenzó a sonar. Sospechando que fueran los del G2 y no queriendo que supieran que había alguien en el apartamento, no contestó. Después de tragarse varios pedazos de papel oyó como los carros se alejaban del edificio. Para estar más seguro llamó a un amigo que vivía en la planta baja.

——¿Dónde diablos estabas metido? —le dijo el amigo— Te estuve llamando para decirte que no te preocuparas por las perseguidoras, que era el hijo de mi vecino que viene a cada rato a visitar a su padre. Es un alto oficial de la policía y siempre llegan formando un gran alboroto.

---

[24]José Fernández Badue «Pepín». Nació en Santiago de Cuba en 1940. Se incorporó a los grupos contrarrevolucionarios desde 1959, especialmente al Movimiento Demócrata Cristiano, del cual fue presidente. Fue reclutado por la CIA en los días previos a la invasión de Bahía de Cochinos, para utilizar su organización como una de las fachadas legales que reclamarían la invasión. Luego de fracasar en sus intentos conspirativos, se asiló en la Embajada de México en la Habana. Una vez en el exilio, se incorporó al grupo Consejo Revolucionario Cubano y al Partido Demócrata Cristiano, cuya sede radicaba en Venezuela.

Nota del autor: De nuevo los órganos de seguridad cubanos demuestran lo bien informados que están: Fernández Badué (con acento en la é) nació en Santiago de Cuba, el 15 de mayo de 1918.

Lo único que Lucas pudo decirle fue que si tenía un poco de bicarbonato que no se sentía bien del estómago. Cuando tiempo después le encontraron que tenía úlceras, Lucas juraba que se las había producido la tinta de los papeles que se tragó ese día.

Un día fue a visitar a una señora de Santiago, muy amiga de su madre, que vivía en la Habana. Al llegar a la casa se sorprendió de la pobreza en que vivía la señora. En la sala había solamente unas sillas viejas y desvencijadas, en el comedor una mesa muy mala con cuatro sillas que se estaban cayendo y en el cuarto una cama vieja con un colchón más viejo todavía. Unos días después un amigo del MDC, dueño de una mueblería, le dijo que se iba de Cuba y que antes de irse iba a regalar todos los muebles que le quedaban, pues prefería quemarlos antes que los fidelistas se quedaran con ellos. Recordando las malas condiciones en que estaban los muebles de la señora, Lucas se lo dijo al otro. Esa tarde llegó un camión a casa de la señora. Y poco después, todos los muebles en la casa eran nuevos. En ese momento Lucas no podía saber que ese acto de caridad iba muy pronto a salvar algunas vidas, entre ellas la suya. A los pocos días recibió una llamada del hijo de la señora. Acababa de llegar a la Habana, pues había sido nombrado para un alto cargo en la sección motorizada de la policía de la ciudad y venía a tomar posesión, y quería darle las gracias por lo que había hecho por su madre. Días después Lucas estaba reunido en una casa con varios jefes de la resistencia cuando llegó la policía para hacer un registro. Por casualidad el agente a cargo del registro había visto a Lucas hablando en la motorizada con su jefe. Lucas le explicó que estaban celebrando el santo de uno de los presentes y los invitó a quedarse un rato. Y los policías aceptaron la invitación. Esa fue una noche que los miembros de la resistencia que estuvieron presentes no podrían olvidar en mucho tiempo. Mientras ellos compartían con los policías, en una habitación de la casa había escondido un cargamento de armas y explosivos. Y esa no fue la única vez que el hijo de la señora le salvara la vida a Pepín, sin que tuviera la más mínima noción que se la estaba salvando a Lucas, uno de los jefes más importante y buscado de la clandestinidad. En otra oportunidad el militar se enteró que estaban registrando la casa de Lucas y allá fue, seguido de varios carros patrulleros e inmediatamente que llegó le dijo al agente responsable que él y sus compañeros merecían ser castigados por estar molestando a un buen revolucionario y gran amigo suyo. El registro terminó con muchas disculpas. En otra ocasión Lucas fue detenido por la policía frente a la terminal de ómnibus de Ayestarán. Unos funcionarios del gobierno habían sido tiroteados en Marianao y el auto que habían usado en el atentado era igual al de Lucas. Llamó a la motorizada y una vez más su amigo hizo que lo pusieran en libertad inmediatamente. Después de esta vez Lucas no quiso tentar más la suerte y se distanció de él.

En representación de las organizaciones anticastristas de Cuba que formaban en Miami el Frente Revolucionario Cubano, fue a Venezuela y desde allí viajó a los Estados Unidos, donde entró sin que en su pasaporte quedara constancia que había entrado en el país. En Miami se entrevistó con los dirigentes del exilio y con altos funcionarios del gobierno norteamericano. Participó en la disolución del Frente Revolucionario Democrático y en la creación del Consejo Revolucionario Cubano, que presidido por el Dr. José Miró Cardona agrupaba las mismas organizaciones que formaban el FRD: Rescate Revolucionario, Movimiento de Recuperación Revolucionaria, Agrupación Montecristi, Organización Triple A Independiente y Movimiento Demócrata Cristiano; reforzadas con el ingreso del Movimiento Revolucionario del Pueblo. De nuevo Lucas viajó a Venezuela y desde allí regresó a Cuba a fines de marzo de 1961, con la seguridad que le habían dado las autoridades cubanas y americanas que sería informado oportunamente de la fecha de la invasión, a los efectos de que la clandestinidad pudiera participar en la misma. Pero el aviso de la invasión nunca llegó, constituyendo ese silencio uno de los más inexplicables misterios de la lucha por la liberación de Cuba.

Esperando el aviso, Lucas fue a Santiago de Cuba para ver a la madre agonizante. Dos días después de su llegada y sin haber recibido el esperado mensaje, salió de regreso para la Habana en compañía de un amigo. En la carretera central se encontraron con gran movimiento de tropas y se enteraron que la invasión había comenzado. Pasaron la noche en Camagüey y al día siguiente siguieron para la Habana. En el Cotorro, Lucas dejó el automóvil y siguió solo el viaje en un ómnibus. Ya en la Habana, se bajó del ómnibus frente a la Estación de Ferrocarril y fue para la iglesia de Reina, pues por tener la iglesia puertas por ambas calles se le facilitaba la huida en caso de ser perseguido. Por los periódicos se enteró que Rogelio González Corzo (Francisco), Rafael Díaz Hanscom (Rafael), Manuel Lorenzo Puig Miyar (Ñongo), Gaspar Domingo Trueba Varona (Mingo), Nemesio Rodríguez Navarrete, Eufemio Fernández Ortega y el comandante Humberto Sorí Marín habían sido fusilados. Se comunicó con otros miembros del MDC y supo que la invasión había fracasado, que habían cientos de miles de presos y que el G2 lo andaba buscando por todas partes. Pasó los dos días y noches siguientes escondido en el cementerio de Colón y al fin fue recogido por un diplomático que lo llevó a su embajada, de donde salió para los Estados Unidos.

La detención de Sorí Marín, Rogelio González Corzo (Francisco), Rafael Díaz Hanscom (Rafael), Manuel Lorenzo Puig Miyar (Ñongo), Gaspar Domingo Trueba Varona (Mingo) y Nemesio Rodríguez Navarrete, se produjo de una manera accidental. En una casa del reparto Miramar estaba escondido un individuo que era buscado por los agentes de la Seguridad del Estado. Una persona lo vio y notificó a las autoridades. Cuando el hombre oyó las sirenas de los carros de la Seguridad que se acercaban se escapó por el fondo de la casa. Al oír las sirenas de los carros que llegaban y ver como el hombre huía, la señora de la casa se asustó y con su hijito de meses fue a buscar refugió en casa de sus vecinos, Oscar y Berta Echegaray. Los agentes de la Seguridad fueron tras ella. Al entrar la señora seguida por los agentes en casa de los Echegaray, Sorí Marín y los otros estaban sentados en la sala. Todo pasó con gran rapidez. Ya se iban a retirar los agentes cuando uno de ellos reconoció a Sorí Marín. Al verse reconocido, Sorí trató de levantarse, pero fue herido de un disparo en la cadera. Sus compañeros no pudieron hacer nada, pues al llegar a la casa habían escondido sus armas debajo de los cojines del sofá. Sin saber quienes eran, los llevaron a las oficinas de la Seguridad del Estado, donde más tarde fueron identificados. Se les celebró juicio y todos fueron condenados a muerte, cumpliéndose la sentencia el siguiente día. Sorí Marín fue llevado frente al pelotón de fusilamiento apoyado en muletas a causa de la herida que había recibido en la cadera. Oscar y Berta Echegaray fueron sentenciados a largos años de prisión. La detención del grupo brindó a Castro la oportunidad de saldar una cuenta vieja. Unos días antes había sido detenido Eufemio Fernández Ortega, antiguo revolucionario muy temido por Fidel Castro. Durante la expedición de Cayo Confites, organizada para derrocar al dictador Trujillo de Santo Domingo, Eufemio Fernández abofeteó a Fidel y más tarde lo ridiculizó al «secuestrar» la campana de La Demajagua de la que Fidel Castro y otros estudiantes eran custodios. Aprovechando la detención de Sorí Marín y de los otros, por ordenes de Fidel se hizo ver que Eufemio Fernández había sido detenido con ellos y con ellos fue sentenciado a muerte y ejecutado. Una vez más Fidel Castro demostraba la fibra de que estaba hecho, usando la sumisión de un tribunal revolucionario para castigar las ofensas que no había sido lo suficiente hombre para castigar él personalmente.

¿Por qué la resistencia no fue informada de la invasión, rompiéndose la promesa que se le había hecho a Lucas, a Sorí Marín, a Francisco, a Rafael y a otros jefes de la resistencia y del exilio? ¿Quién o quiénes fueron los responsables de esa monstruosa omisión y cuál fue la razón de que así se hiciera? El plan era que con conocimiento de la llegada de la invasión, la resistencia pudiera actuar volando puentes estratégicos que impedirían la movilización de las tropas de Castro y por medio de sabotajes y atentados paralizar la vida de la Isla. La invasión de Playa Girón significó prácticamente la destrucción de la clandestinidad en Cuba. En bandeja de plata le fueron ofrecidos a Fidel no solo los hombres de la invasión, sino también una clandestinidad cuya articulación y organización había costado tanta sangre y sacrificios. Una clandestinidad que viva y palpitante esperaba con ansiedad el momento de volverse contra la bestia opresora. Una clandestinidad cuyos miembros exponían diariamente la vida dentro de Cuba. Una clandestinidad que siempre estuvo dispuesta a los mayores sacrificios. Treinta y cuatro años después el misterio sigue tan impenetrable como el primer día. Tal vez en el fondo de algún cajón de los que contienen los documentos «confidenciales» del gobierno del presidente Kennedy, esté la respuesta a esa traición sin sentido. Y quiza un día lleguemos los cubanos a saber la razón de la misma, aunque nunca podamos perdonarla.

Pero el desastre de Playa Girón no solo afectó la causa de la libertad de Cuba. La propaganda comunista sembró en el mundo entero, especialmente en los países subdesarrollados, la ridícula idea de que las fuerzas armadas de Castro habían derrotado a un ejército invasor norteamericano en Playa Girón, causando un enorme daño al prestigio internacional de los Estados Unidos. Usando esa falacia, y contando con el apoyo firme del bloque soviético, fue muy fácil para el dictador cubano utilizar el prestigio que había ganado y el temor que su poderío militar representaba, para convertirse rápidamente en un líder comunista muy temido y en uno de los adversarios más feroces de los norteamericanos en el escenario mundial. No solo desafió abiertamente el poderío estadounidense, exportando revoluciones a diestra y siniestra en el continente americano, sino que dejó sentir fuertemente su influencia en otras partes, especialmente en África y en el mundo árabe.[25] Cuando las fuerzas norteamericanas se enfrentaban a las fuerzas comunistas en Vietnam, la propaganda comunista no se cansaba de recordar a sus soldados la derrota norteamericana en Cuba y como si los cubanos lo habían hecho, los vietnamitas también podían hacerlo. Lo cierto era que los invasores de Playa Girón no habían sido soldados norteamericanos. Las fuerzas castristas se enfrentaron allí con cubanos que regresaban para liberar su Patria. Cubanos que fueron engañados y tuvieron que enfrentarse a fuerzas muchísimo más numerosas e infinitamente mejor armadas. En 1961 Castro disponía de un ejército que entre soldados y milicianos contaba con más de 250,000 hombres, y en marzo de ese año había recibido de la Unión Soviética 104,000 armas largas, 80 cañones anti-aéreos y 55 tanques de guerra.[26] Los invasores no llegaban a 1,500. Pocas horas después de comenzar la invasión, Castro había movilizado 30,000 hombres, perfectamente equipados, hacia la zona de combate. Muy pronto, en el aire, los lentos aviones B-26 de los invasores, sin artillería en la cola, eran destrozados por los veloces Sea Fury y T-33 de la fuerza aérea castrista. Después, la aviación castrista pasó a atacar y hundir el *Houston* y el *Río Escondido*, los dos barcos de suministro de los invasores, muchos de los cuales quedaron en tierra sin armas, municiones, medicinas ni alimentos. Y mientras todo esto ocurría, una poderosa flotilla de barcos de guerra norteamericanos estaba a pocas millas de distancia de Playa Girón. Desde la costa era fácil verlos. Y a pesar que el Almirante Arleigh Burke propuso en Washington que se usaran aviones a propulsión de las fuerzas norteamericanas contra los aviones castristas, que se bombardeara desde los buques con artillería de largo alcance a las tropas de Castro y que se desembarcaran marinos para ayudar a los invasores, su petición fue

---

[25] Miles de soldados cubanos pelearon en guerras civiles en África junto a las facciones comunistas. Y en Cuba fueron creados campamentos en los que se dio —y se sigue dando— entrenamiento especializado a terroristas del mundo entero.

[26] Trumbull Higgins. *The Perfect Failure: Kennedy, Eisenhower and the CIA at the Bay of Pigs* (New York: Norton, 1987) 68.

negada.[27] Sin municiones ni alimentos, los invasores, fueron hechos prisioneros. Y la invasión de Playa Girón paso a ser uno de los episodios más negros de la historia de los Estados Unidos.

El general Maxwell D. Taylor, presidente de la comisión que estudió las causas del fracaso de la invasión, las resume asi:

La operación comenzó en la madrugada de Abril 15 con ataques aéreos por ocho B-26 a los aeropuertos ocupados por la fuerza aérea de Castro. Aunque venían desde Nicaragua, los aviones tomaban una dirección para sugerir que pilotos desertores volaban desde campos cubanos, aunque el tiempo consumido en esto arriesgaba el alertar a Castro de la inminencia del ataque anfibio. Como podía esperarse, los ataques tuvieron sólo un éxito parcial en destruir los aparatos que se encontraban en tierra, *pero, nuestros líderes militares no estaban muy preocupados con esto en ese momento porque se habían planeado ataques más fuertes para la mañana de la invasión, Abril 17.* Desafortunadamente, estos nuevos ataques fueron cancelados por el Presidente Kennedy en la noche de abril 16. Como resultado, la Brigada cubana desembarcó enfrentándose a una fuerza aérea, no neutralizada, que incluía algunos jets de entrenamiento T-33 que resultaron sorpresivamente efectivos y muy superiores a los obsoletos B-26 que respaldaban el desembarco. La Brigada cubana desembarcó tal como había sido planeado, pero pronto cayó bajo un continuo ataque aéreo que destruyó dos barcos de suministro que llevaban las reservas de municiones de la expedición.[28]

Los cubanos, de dentro y de fuera de la Isla, nunca podremos olvidar esos días. La agonía de los 149 brigadistas capturados que Osmani Cienfuegos envió para la Habana amontonados en una rastra-camión forrada de paredes de aluminio y cerrada herméticamente en la que murieron asfixiados 9 de ellos; el sufrimiento de los 22 combatientes que tratando de escapar de las garras castristas huyeron en una pequeña embarcación sin agua ni alimentos y estuvieron perdidos en el Golfo de Méjico 15 días, donde murieron 10 de ellos antes de ser encontrados por un carguero, y el horror de más de 250,000 cubanos, detenidos y hacinados en cárceles, campos deportivos y salas de cine, con muy poca agua y sin alimentos, sin lugar para protegerse de la lluvia y del sol, durmiendo en el suelo y careciendo de las más elementales facilidades sanitarias, son episodios muy difíciles de olvidar.

---

[27] Enrique Encinosa: *CUBA EN GUERRA.* (Miami: The Endowment for Cuban American Studies, 1994) 80.

[28] Enrique Ros, *PLAYA GIRÓN: LA VERDADERA HISTORIA* (Miami: Universal, 1994) 287, 288.

No sería hasta muchos años después, durante la invasión de la isla Granada, ordenada por el Presidente Reagan, cuando se enfrentarían por primera vez las tropas de Castro con los infantes de marina estadounidense. Y a pesar que Fidel Castro había declarado que las tropas cubanas defenderían la isla «hasta con su última gota de sangre,» el saldo final de los muertos en combate fue de cinco norteamericanos y veinticuatro castristas. Muy sensatamente, lo mismo que después harían en 1994 las tropas iraqueses en la Guerra del Desierto al enfrentarse a los infantes de marina, las tropas cubanas prefirieron la prudencia al suicidio y se rindieron en masa. Al regresar a Cuba después de haberse rendido a las fuerzas americanas y de haber sido prisionero de las mismas, el coronel Tortoló, designado por Castro para que dirigiera la defensa de Granada, fue degradado y enviado como soldado raso a pelear en Angola y muchos de los oficiales a sus órdenes fueron también degradados y severamente castigados.

¡Qué distinta se hubiera escrito la historia del 17 de abril de 1961, si los combatientes cubanos anti-comunistas hubieran tenido la misma ayuda que tuvieron los que participaron en las invasiones de Santo Domingo, de Granada y en la Guerra del Desierto!

Era pequeña y frágil, como una muñeca de porcelana. Nadie hubiera podido imaginarse que era abuela pues no parecía tener más de treinta y cinco años. Su esposo había sido un oficial de alta graduación en las fuerzas armadas durante los gobiernos de Grau y de Prío. Como no pertenecía al grupo de los que dieron el golpe militar del 10 de marzo, fue separado de su cargo.[29] Ella siempre creyó que había sido una gran injusticia y al organizarse la rebeldía contra Batista, se unió a la misma. Trabajó por la causa de la revolución con gran abnegación: escondió a fugitivos que eran perseguidos por la policía batistiana, repartió propaganda clandestina, envió comida y medicinas a la Sierra y al Escambray y cuando llegó el triunfo de la revolución se sintió satisfecha. Pero poco después del 1ro de enero de 1959 comenzó a dudar. El ex-presidente Prío—amigo personal de ella y de su esposo—que tanto había contribuido a la causa de la revolución, primero fue ignorado por Castro y su grupo y poco después fue perseguido y tuvo que marcharse de nuevo al exilio. Pero no fue solamente a Prío y a sus seguidores del Partido Auténtico a quienes se ignoró y se persiguió. Lo mismo se hizo con los integrantes de las otras organizaciones revolucionarias que habían participado en la lucha contra Batista, especialmente los del Directorio Estudiantil Universitario y los del Segundo Frente del Escambray. Poco tiempo después del triunfo de la revolución se les empezó a perseguir, acusándoseles de contrarrevolucionarios. Muchos fueron encarcelados y otros llevados ante el pelotón de fusilamiento. Y en poco tiempo

---

[29] El 10 de marzo de 1952 el ex-presidente Fulgencio Batista encabezó un golpe de estado contra el presidente Carlos Prío. El golpe de estado tuvo éxito y Batista se mantuvo en el poder hasta la madrugada del 1 de enero de 1959, cuando huyó a Santo Domingo.

Castro quedó como único dueño. Ahora nadie estaba seguro. Incluyendo a los miembros del 26 de julio, la organización de Castro. Los que no seguían ciegamente las ideas del «máximo líder» corrían el peligro de ser exterminados. Y cuando el propio Castro declaró su adhesión al comunismo internacional, gran número de los que habían participado en la revolución contra Batista se sintieron traicionados y comenzaron de nuevo la lucha, ahora contra el hombre al que habían ayudado a tomar el poder. Muchos amigos de antes ahora eran enemigos. Y los enemigos de ayer se unieron para luchar contra el enemigo común de hoy. Entre los alzados en las montañas, junto al que fue soldado rebelde peleaba ahora el soldado del antiguo ejército constitucional. Y el clandestinaje se integró por todos los que odiaban la dictadura roja. Cuando Fidel se declaró comunista, ella se decidió y se unió a la clandestinidad. Con la misma dedicación con que antes había actuado contra Batista, ahora lo hacía contra el comunismo castrista. El día después de haber anunciado Fidel que se castigaría con pena de diez a treinta años a aquellos que fueran sorprendidos dañando aparatos telefónicos, ella salió a pasear por la Habana. A las dos de la tarde, en Galiano y San Rafael, tenía en la cartera más de veinte de los pequeños receptores que son necesarios para que se pueda oír al que llama. Si la hubieran sorprendido hubiera pasado el resto de su vida en la cárcel. Lo mismo que había hecho antes en la lucha contra Batista, ahora servía de enlace entre las organizaciones clandestinas, escondía a fugitivos que eran perseguidos por la policía secreta fidelista, repartía propaganda clandestina, enviaba comida y medicinas a los alzados. Y todo lo hacía con gran peligro, ya que su hijo, que vivía en casa de ella con la esposa y un hijo, le había dicho en distintas oportunidades que si alguna vez sorprendía a cualquier persona, incluyéndola a ella, actuando en alguna forma contra los intereses del gobierno, la denunciaría inmediatamente. Y ella sabía que así lo haría, pues se había dado cuenta que tanto él como la esposa la espiaban constantemente para saber lo que hacía, con quién hablaba y lo que hablaba. Un día por la mañana temprano, la despertó el sonido de voces y de risas que no le eran familiares. Salió de su habitación y se encontró desayunando en el comedor a su hijo y a varias personas a quienes no conocía. Cuando el hijo la vio le pidió que se acercara e inmediatamente le dijo que tenía el gusto de presentarle a las personas con quienes, a partir de ese momento, iban a compartir la casa, ya que como era muy grande para ellos, él había pedido al Comité de Vigilancia que les enviara algunas personas para que la compartieran con ellos. No quiso hacer una escena delante de todos, pero más tarde, cuando tuvo la oportunidad de hablar con su hijo a solas, le pidió una explicación. La respuesta de él fue muy simple:

—Esas personas tienen el mismo o más derecho que tú a disfrutar de una casa cómoda, pues por muchos años han vivido en la pobreza y ahora les toca disfrutar de lo que tú has disfrutado toda tu vida.

Y cuando le dijo que con qué derecho se atrevía a disponer de lo que no era suyo, le respondió que en la nueva Cuba, todo era del pueblo y que nadie tenía derecho a vivir mejor que otros como vivía ella, que él tenía la seguridad que andaba conspirando contra la revolución y que tuviera cuidado pues podía terminar en la cárcel o peor. En eso llegó la nuera que traía cargado al niño y cuando éste quiso irse con su abuela se lo impidió y volviéndose a ella le dijo que no creyera que le agradecía nada, pues lo único que había hecho en los cinco años que habían vivido con ella era tratar de impresionarlos y comprarlos con su dinero, dándoles al niño y a ellos todo lo que quería para que tuvieran que agradecérselo, pero que ahora era distinto, pues la casa y todo lo que había en la misma era de ellos y lo mejor que haría era largarse. Sin poder creer lo que estaba oyendo se volvió a su hijo y éste le dijo que todo lo que decía su esposa era verdad y que ya se había terminado el tiempo de los privilegiados y de las señoronas. Cuando se marchó esa tarde para ir a vivir a casa de una hermana no volvió la cara, pero la siguieron las burlas y la risa de aquélla a quién siempre había tratado como si fuera su propia hija. La revolución por la que tanto se había sacrificado y expuesto había hecho de su hijo y de su esposa unos monstruos. Y con el corazón destrozado pensaba que en cuantas familias cubanas estaría sucediendo lo mismo. El tiempo había pasado y ahora lo único que quería era escapar, irse bien lejos de aquel infierno. Su esposo la esperaba en Centro América. Había visto muy pronto el horror que venía y se había ido. Pero ella no quiso creerlo y se quedó, más tarde le fue imposible salir. Después que su hijo y su nuera la habían echado de su casa pensó que la vida no tenía objetivo, pero el horror que veía a su alrededor hizo que le nacieran nuevas fuerzas y luchó incansablemente contra la tiranía castrista. Estuvo presa y cuando varios años después salió de la cárcel se asombró del cambio que se había operado en Cuba. Y no era solo el cambio político. La escasez era general, las colas para buscar cualquier cosa eran interminables y el pueblo, antes activo y emprendedor, ahora parecía sumido en un extraño sopor. Legiones de sonámbulos moviéndose en silencio. Esperando, siempre esperando por algo que no llegaba. Y por encima de todos, imponiéndose por la fuerza bruta del terror, el energúmeno sanguinario, el dueño absoluto, verdadero engendro del infierno, pidiendo siempre a gritos nuevos sacrificios y haciendo promesas que nunca se cumplían. Pero ella se sentía vencida y cansada y ahora solamente pensaba en irse. Faltaba tan poco. Solamente unas horas. Y mientras esperaba el momento de la fuga, se estremecía al pensar que muy pronto la pesadilla de hoy sería cosa del pasado, que estaría al lado de su esposo, en un país libre, dueña de nuevo del destino de su vida. Pero, como madre, no podía dejar de pensar en el sacrificio increíble de tantas madres cubanas que ante el peligro de que sus hijos e hijas pudieran criarse en un sistema comunista, preferían separarse de ellos enviandolos fuera de Cuba. Recordaba con dolor a una joven madre, hija de una gran amiga suya. Por meses había luchado con la idea de enviar a sus dos hijas, de seis y de cuatro años, a los Estados Unidos. Al principio ella y su esposo habían intentado salir de Cuba con las niñas, pero les había sido imposible hacerlo. Y por fin tuvieron que enfrentarse con la terrible realidad: o sacaban a las niñas solas, o las mismas tendrían que criarse dentro del sistema comunista que existía en Cuba. No había otra alternativa. La idea de separarse de las niñas los destrozaba, pero poco a poco comprendieron que por el bien de ellas era necesario hacerlo. El día de la partida en el aeropuerto todos creyeron que la joven madre se volvería loca. Se abrazaba a las niñas estrechándolas contra el pecho sin decir una palabra. Perecía la Virgen abrazando el cuerpo muerto de Jesús. Pero al fin, con un esfuerzo increíble, las dejó ir. Iban en brazos extraños hacia un destino desconocido. Y mientras les decían adiós a sus hijas, el padre y la madre maldecían la hora en que la Bestia Roja había nacido.

Y al pensar en su nieto, al que no había visto en mucho tiempo y a quién probablemente nunca volvería a ver, sintió que se le desgarraba el alma y dejó escapar un gemido mientras los ojos se le llenaban de lágrimas. Y en ese momento llegó la noticia que iban a partir muy pronto. Pensó que había tenido suerte, pues le tocó ir en la primera cachucha.

VIII

La hora se acercaba. Aún no habían pasado lo peor. Pero habían tenido suerte. Veintisiete personas en tres cachuchas.[30] La llovizna que cayó al atardecer dejó el mar como un plato. Con un poco de suerte todo saldría bien. ¡Faltaba tan poco! ¡Ojalá todo pasara pronto! Costaba mucho trabajo mantener a los niños quietos y callados. Y habían bastantes en el grupo. Pero él no se había negado a llevar a nadie. Esa debilidad podía costar el éxito de la huida, pero era posible que fuera la última oportunidad para algunos y había que correr el riesgo.

La decisión de salir de Cuba había sido muy difícil. Era romper con un pasado en el que se arraigaban profundamente las raíces vitales del cubano: la familia, los amigos, la religión. Era irse a un país ajeno, al encuentro de otra lengua, de otra cultura, de otra forma de vida. Dejar de ser lo que se había sido siempre y volverse un extraño. Pero permanecer era imposible. La constante incertidumbre en que se vivía, el temor que como un manto de hielo lo envolvía todo, hacía imposible la vida en Cuba. ¿Qué derecho tenía la banda de asesinos que se habían apoderado del poder para obligarlos a abandonar la tierra dónde habían nacido y dónde antes habían nacido sus padres y sus abuelos? ¿Quién les había dado el derecho a ser dueños y señores de todos y de todo? Y entonces comprendió que era el poder que tan generosamente se les había entregado y que con tan mala fe habían recibido. Era el poder de las armas que hipócritamente habían pedido para defender los derechos de todos los cubanos y que ahora usaban para esclavizar a un pueblo noble y generoso. Pero el entendimiento de la verdad llegó muy tarde y ahora no existía más camino que la fuga. En busca de la libertad y de la dignidad humana que se les negaba en su patria. Y sentía profunda tristeza por sus hijos y por todos los niños cubanos, víctimas inocentes de la terrible equivocación cometida por sus padres.

Un carbonero que estaba en la combinación llegó. No habían moros en la costa. Si todo salía bien y el pesquero llegaba a tiempo, muy pronto estarían en aguas internacionales. Lo único que le preocupaba era la patrullera. Pero no iban a tener tan mala suerte. ¡Dios los ayudaría!

---

[30] **Cachucha**: Embarcación de fondo plano que se mueve con remos.

Le parecía que hacía mil años que habían ido a verlo a su oficina para que cooperara con la revolución contra Batista. Fue al principio de todo. Y entre los que vinieron habían amigos entrañables. Aceptó. Al principio sus actividades no fueron muy importantes, pero poco a poco se fue envolviendo. Habló con amigos, con clientes. Muchos de ellos contribuyeron con sumas considerables de dinero, medicinas, medios de transporte y sobre todo facilitando escondites seguros para los perseguidos. Cuando se le decía que la revolución estaba acusada de tener raíces comunista, reía y respondía que todo eso era propaganda del gobierno. Al que no se le podía creer nada. En la Sierra, en febrero de 1958, el propio Fidel había declarado a un periodista norteamericano de la revista *Coronet* que la lucha contra Batista era «esencialmente una lucha política.... y que todos los males diseminados entre el pueblo tenían una raíz común: la pérdida de libertad».

Expresando a continuación:

El único y más expresivo de nuestros objetivos y nuestros espíritus, es simplemente **LA LIBERTAD**. Antes que nada y sobre todo, estamos peleando por expulsar la dictadura de Cuba y establecer los fundamentos de un gobierno genuinamente representativo. Una vez designado, la tarea principal será preparar y llevar a cabo unas elecciones realmente honestas en un plazo de 12 meses.

¿Comunista? no. Un humanista altamente inspirado. Un verdadero idealista.

Al ocurrir el triunfo de la revolución se le pidió que actuara como fiscal en los «Tribunales Revolucionarios.» Se sorprendió al comprobar que muchos de los miembros de esos tribunales, casi todos campesinos veteranos del ejército rebelde, a derechas no sabían leer ni escribir y no tenían la menor idea de como funcionaba el procedimiento criminal. Pero los casos que se trataban estaban claros, no había por qué alarmarse.

Pero poco a poco comenzó a preocuparle lo que se estaba haciendo. Aquellas salas atestadas de una muchedumbre vociferante pidiendo a gritos el castigo de los acusados. Y los jueces, que sabían la sentencia que iban a dictar antes de comenzar el juicio.

Las cosas no marchaban bien. Cualquier comentario que se hiciera podía ser interpretado mal y se hizo muy fácil para un inocente terminar en la cárcel o frente a un pelotón de fusilamiento, sin pruebas que lo condenaran. Solo bastaba una denuncia. Como el caso de un joven oficial de la marina mercante cubana a quien conocía muy bien. Había nacido y se había criado en un puerto y desde muy pequeño se había sentido atraído por el mar. Cuando la revolución llegó al poder era capitán de un barco mercante. Al principio no hubo muchos cambios, llevaba su carga de productos cubanos a puertos extranjeros y regresaba a Cuba trayendo los productos que se le habían encargado. Como llevaban varios años juntos, los miembros de la tripulación formaban una gran familia. Pero poco a poco, todo fue cambiando. Se prohibió a los tripulantes de barcos cubanos bajar a tierra en puertos de países que no pertenecieran al bloque comunista. No se daba la razón, pero era muy simple: existía el temor que pidieran asilo. Y pronto pasaron a formar parte de las tripulaciones individuos encargados de vigilar las actividades de todos a bordo, instando a los tripulantes a denunciar a sus compañeros, especialmente a los oficiales. Había que defender la revolución, impedir que fuera traicionada. La situación se hizo muy peligrosa. Y un día fue detenido. Había sido denunciado. Se le acusaba de conspirar contra el gobierno revolucionario y de estar en contacto con la CIA americana. Negó todos los cargos, que no eran ciertos, pero a pesar de todo lo llevaron para la Seguridad del Estado (G2) en Miramar. Después fue trasladado para la Cabaña. Durante el juicio, el fiscal casualmente le preguntó si simpatizaba con el marxismo. Contestó que no. Poco después el fiscal le preguntó si era católico. Contestó que sí. A partir de entonces, a pesar de que en esa fecha Fidel Castro aun negaba cualquier tipo de conexión con el comunismo, todo fue muy fácil para el fiscal. Y cuando fueron llamadas a declarar las dos personas que habían hecho la denuncia, su suerte fue sellada. El caso de él le ofrecía al régimen la oportunidad de dar el ejemplo que buscaba. Y sin más ni más fue sentenciado a morir frente al pelotón de fusilamiento. Cuando salía del tribunal escoltado por unos soldados, el más joven de los dos testigos que tan ferozmente lo habían acusado, que no pasaba de los quince años poniéndose de pie le gritó con voz enronquecida por el odio:

—Mereces la muerte por traidor a Fidel y a la revolución.

Esa noche la sentencia fue cumplida.

Los dos testigos que lo acusaron habían sido su esposa y su propio hijo.

Al principio en los juicios había cierto respeto por los abogados defensores, aunque siempre se sentía hostilidad contra ellos. Pero poco a poco esa situación fue cambiando y de la frase sarcástica de algún miembro del tribunal o de alguien del público, se pasó al insulto, al ataque directo, a la amenaza, a la acusación y en algunos casos, al terminar el juicio el defensor era detenido acusado de contrarrevolucionario.

Y las leyes y disposiciones revolucionarias.

Recordaba como la *Ley de recuperación de bienes malversados*, que fue establecida para recuperar «los bienes adquiridos con dineros producto de la corrupción política,» poco después comenzó a aplicarse indiscriminadamente. Sólo se necesitaba una denuncia para que una propiedad o negocio fuera intervenida. Y siempre había alguien que se prestara a hacer la denuncia. Y en el mejor de los casos, pasaba un largo tiempo antes que los bienes intervenidos volvieran a poder de sus dueños. Pero eso era la excepción. Muchos clientes suyos, personas de conducta intachable, que nunca habían tenido nada que ver ni con la política ni con los políticos, fueron despojados injusta y arbitrariamente de sus bienes y no volvieron a recuperarlos.

91

Todos los días salían nuevas leyes que a veces se contradecían. Parecía como si nadie supiera lo que estaba haciendo. Y la economía del país, antes próspera y pujante, se hundía en el caos.

Una noche Fidel había anunciado en la televisión la *Ley de Reforma Urbana*. Se acabaron los abusos. Los inquilinos pasaban a ser propietarios de las viviendas que tenían alquiladas. Pero la alegría duró poco. Al día siguiente fue publicada la ley en los diarios. Durante los siguientes 20 ó 30 años el «nuevo propietario» tendría que pagar al gobierno la misma cantidad que venía pagando como alquiler. Con ese dinero el gobierno se encargaría de indemnizar a los antiguos propietarios, ya que era una «inmoralidad» no pagar al dueño por su propiedad. Pero poco después el gobierno se olvidó de pagar y se quedaba con el dinero que recibía. Algunos antiguos propietarios que protestaron fueron severamente castigados. Antes de la ley, el propietario corría con los gastos de mantenimiento de la propiedad, ahora el «nuevo dueño» pagaba al estado la misma cantidad que antes pagaba como alquiler y además estaba obligado a pagar por todos los gastos de mantenimiento y los impuestos. Y si no pagaba o no mantenía la propiedad en buenas condiciones, perdía el derecho y era echado de la misma sin contemplación. Y por último, al pasar el tiempo, los «nuevos propietarios» se sorprendieron al descubrir que no tenían derecho a disponer de las viviendas, que no podían venderlas, alquilarlas o hipotecarlas. Lo único nuevo era que ahora pagaban mucho más que antes y no tenían ningún derecho.

La *Ley de Reforma Agraria* fue peor. Se quitaba la tierra a sus dueños y se le daba a quienes la trabajaban. Pero el título de propiedad era solamente un papel que decía que la persona a cuyo nombre estaba emitido era dueño de parte de la finca tal. Pero no podía vender ni enajenar ni disponer de su parte, ni irse de la finca. Era un título de propiedad que no le daba ningún derecho, pero que lo encadenaba a la tierra. Como parte de una cooperativa venía obligado a cultivar lo que se le ordenara y vender el producto al precio que se le fijara por el estado. Muchas veces el campesino tenía que comprar en «las tiendas del pueblo» el mismo producto que había cultivado, pagando varias veces el precio que le habían pagado por él. Y se fijaba un fuerte castigo a quienes se quedaran con parte del producto que cosecharan. Y como los administradores de las cooperativas no sabían lo que estaban haciendo y los trabajadores no tenían interés en trabajar, la producción agrícola cayó vertiginosamente—lo mismo que había pasado en la Unión Soviética y en los países del bloque comunistas—llevando el hambre y la miseria al país. Y hubo que importar muchos productos que antes se exportaban. Y racionarlo todo. Poco tiempo después renunció.

Pero éstas no fueron las únicas leyes de despojo. Se terminó con la propiedad privada, empezando por las propiedades extranjeras y terminando con los pequeños negocios operados por sus propietarios. Y Cuba se convirtió en el primer país comunista de América. Y en una de las tiranías más brutales de la historia.

Sabía que ahora las torturas eran comunes en las cárceles castristas. Muy pronto después del triunfo de la revolución, Fidel Castro había puesto claramente de manifiesto que ni en él ni en su régimen existía la compasión. Desde el primer día su voluntad fue omnipotente y se extendió a toda la Isla, y para hacerla cumplir hasta en los rincones más apartado, creó los Tribunales Revolucionarios. A través de ellos, él y solamente él decidía quién iba a vivir y quién iba a morir. Y así, simplemente, las vidas de todos los cubanos pasaron a depender de lo que Castro quisiera. Si quería matar, mataba, si quería mandar a jóvenes cubanos a morir en guerras en países lejanos, los mandaba; si quería destrozar la economía del país con planes descabellados, o pactar o romper relaciones con otros países, lo hacía. Erguido en la altura de su poder absoluto, por el terror que impuso se convirtió en amo de todos y de todo. Nadie estaba seguro en Cuba. Y después que el tirano se consolidó en el poder, inevitablemente comenzaron a aparecer los verdugos. Verdaderos engendros del infierno, que podían compararse con ventaja a los más desalmados que ha conocido la historia. No perdonaban a nadie. Uno de los actos que más repugna la sensibilidad humana es el maltrato a un ser humano que va a ser ejecutado por haberse opuesto a una tiranía. Y los presos políticos que han estado en las cárceles cubanas, especialmente en la Cabaña, tienen mucho que contar de eso. Han visto horrorizados muchas veces como los verdugos que venían para llevar al condenado ante el pelotón de fusilamiento, al sacarlo de la celda, soltaban los perros que traían y los azuzaban para que lo atacaran. Y veían con horror como los perros mordían sin misericordia a la víctima, mientras los verdugos decían con sorna «qué pueden importar unas cuantas mordidas a quién va a morir enseguida.»

Ahora sabía que los métodos de torturas del castrismo variaban, yendo desde los más elementales como abofetear a las víctimas, golpearlas brutalmente con los puños, con pedazos de goma, con cabillas de hierro forradas de goma, y pincharlas con bayonetas o con otros objetos punzantes, hasta los más sofisticados, que les fueron enseñados por los expertos de las detestadas policías secretas de los países del bloque soviético, especialmente de la KGB rusa: mantener incomunicados a los presos por semanas y meses en celdas herméticamente cerradas donde no penetraba la luz, recibiendo muy escasos alimentos, en mal estado y llenos de gusanos y otras alimañas, dándoles una mínima cantidad de agua al día para beber, y teniendo que defecar y orinar en el mismo suelo en que dormían. Otras veces son puestos en grupos, hacinados en celdas tan pequeñas que les es físicamente imposible acostarse todos al mismo tiempo, teniendo que turnarse para hacerlo y cuando les llega su turno, como carecen de camas, tienen que acostarse en un suelo cubierto de todo tipo de suciedad y parásitos. Muchas veces, sobre todo en las mazmorras de la Seguridad Nacional, (G2), en la Quinta Avenida de Miramar o en Villa Marista, los verdugos del departamento se entretienen en aplicar cables eléctricos a las partes más sensibles del cuerpo de las víctimas, lo mismo se trate de un hombre que de una mujer. A los hombres se les aplica la corriente en el pene, los testículos, la lengua, las uñas, el recto, etc y a las mujeres en la vagina, los senos, la lengua, las uñas, etc. Pero posiblemente el artefacto de tortura más horrendo usado por los verdugos del castrismo sea «la caja de metal.» La «caja» fue traída a Cuba por la KGB rusa que la había usado con gran efectividad durante muchos años. Por el trabajo y el tiempo que lleva emplearla, la usan solamente cuando se trata de un prisionero importante del que quieren obtener rápidamente una confesión o denuncia pública, y no quieren que presente marcas visibles de torturas. Como su nombre indica, se trata de una caja de metal de varios pies de alto y lo suficiente estrecha para que impida que quién esté de pie dentro de la misma pueda sentarse. La víctima es encerrada en la caja sin ropas. La única comunicación que tiene con el exterior son unos huecos por los cuales entra aire para que respire. Poco a poco los verdugos van bajando la temperatura dentro de la caja. Cuando el frío se hace insoportable y la víctima puede morir de hipotermia, suben lentamente la temperatura hasta llegar a un nivel de calor asfixiante. Y el círculo se repite indefinidamente. La persona dentro de la caja pierde todo sentido de la realidad. Y cuando todo parece perdido, de pronto abren la caja y sacan a la víctima. La llevan a una habitación donde hay una cama y una mesa con comestibles y allí la dejan. Cuando consideran que se ha recuperado lo suficiente, los verdugos entran de nuevo en la habitación. Y le dicen que puede quedarse en esa habitación si coopera con ellos, o volver a la caja si no coopera. Así, psicológicamente, hacen que la debilitada víctima se sienta responsable de lo que pueda sucederle. Si decide no cooperar, vuelve a la caja y el proceso comienza de nuevo. Pero más tarde o más temprano la víctima cooperara, pues no hay cuerpo humano ni voluntad que resista esos cambios. Una de las víctimas más conocidas de la caja metálico fue el cardenal húngaro Joseph Mindszenty, quién en 1949, después de haber recibido el tratamiento en las cárceles comunistas húngaras, en una conferencia de prensa a la que asistieron periodista del mundo entero, declaró, con los ojos hundidos en las órbitas, fijos y sin expresión, todo lo que las autoridades comunistas querían que dijera.

Pero cuando los cubanos comprendieron que habían sido engañados y traicionados ya era muy tarde. Muchos resistieron. Él había tratado de ser uno de ellos, pero había perdido las fuerzas para empezar a luchar de nuevo.

Se apretaba contra la húmeda tierra queriendo fundirse en ella, mientras oía las voces de los milicianos que pasaban cerca. Hacía varios días que las fuerzas fidelistas habían comenzado la gran ofensiva contra los alzados del Escambray. Primero las carreteras y caminos que daban acceso a las montañas habían sido selladas y después, para evitar toda ayuda que pudiera llegar a los rebeldes, el gobierno castrista, copiando el terrible episodio del que había sido autor el odiado Valeriano Weyler durante la guerra de independencia, ordenó que las familias campesinas de la zona fueron recogidas y se procedió a reconcentrarlas en otras provincias, especialmente en las de Pinar del Río, en lugares totalmente aislados.[31] Y allí, sin que le importara nada a la revolución ni a ninguno de sus líderes, abandonados a su suerte y careciendo hasta de los más elementales medios de subsistencia, miles de esos infelices, entre ellos muchos niños, habrían de morir. Y mientras los desalojados campesinos salían del Escambray, llegaban cientos de camiones cargados de soldados y milicianos, equipados con las más modernas armas que la Unión Soviética y sus aliados producían. Cuando se localizaba a una grupo de alzados, se ponían triples cercos alrededor de los mismos. Los cercos se iban cerrando y los que podían escapar del primero caían en el siguiente, y así sucesivamente, haciéndose la fuga prácticamente imposible. El número de los efectivos castristas era tan grande que a veces «peinaban» una zona formando hombro con hombro un cordón humano. Tuvo la mala suerte que uno de los primeros grupos localizados fue el que dirigía un tío suyo. Llevaban operando en la región más de seis meses y siempre habían salido victoriosos en los encuentros que habían sostenido con los milicianos y soldados castristas. Atacaban como fantasmas antes que los comunistas pudieran defenderse y después desaparecían como si se los hubiera tragado la tierra. Pero esta vez era distinto. Eran once sin contarlo a él y el triple cerco que los rodeaba estaba formado por más de tres mil milicianos mandados por oficiales expertos en la guerra de guerrilla y con guías que conocían la región tan bien como ellos mismos. Él había llegado ese mismo día al campamento trayendo una medicina que un primo suyo a quién llamaban el «Chino» necesitaba con urgencia para curarse una herida que se le había infestado. Su padre, que estaba con otro grupo de alzados, lo había mandado con la medicina. Como se había criado en la zona, la conocía como la palma de la mano. Sabía donde estaban los mejores lugares para esconderse y también para preparar una emboscada. Pero ahora, aunque era casi un niño, instintivamente se daba cuenta de la situación tan grave en que se encontraba. Había crecido en medio de los avatares de la guerra, primero contra Batista, después contra los comunistas de Fidel. Por varias generaciones los Pérez habían vivido en el Escambray. Sus abuelos, padres, tíos, hermanos y primos cultivaban unas pequeñas parcelas de tierra y sacaban lo suficiente para vivir. Y durante la zafra, los hombres se iban a trabajar al central y dejaban a los más jóvenes a cargo de las familias y de las cosechas que quedaban en el campo. Y así, trabajando muy duro y ahorrando iban comprando más tierras. Cuando se hacían hombres y mujeres, algunos se iban para las ciudades, pero la mayoría se quedaba, pues la tierra los retenía como si fuera un imán. Después de todo, aquello, aunque humilde, era suyo y allí estaban con toda la familia. Cuando en la loma o en el valle se hablaba de los Pérez, la gente se sonreía y decía :

---

[31] Durante la guerra por la independencia de Cuba, para evitar que llegara ayuda a los mambises cubanos, el gobernador Valeriano Weyler ordenó la reconcentración de los campesinos en pueblos y ciudades. El resultado de la medida fue trágico, ya que a consecuencia de la misma miles de reconcentrados murieron en las calles de pueblos y ciudades.

—Son como los chinos, siempre están juntos.

Y cuando uno de ellos se casaba y traía la pareja a vivir con ellos, al poco tiempo el recién llegado o la recién llegada parecía otro más de la familia. Y cuando llegó la revolución contra Batista y se abrió el segundo frente del Escambray, ya los Pérez poseían un buen pedazo de tierra donde cultivaban café y otros productos que vendían en Trinidad y en Casilda. Y aunque no participaron activamente en la lucha, ayudaron a los rebeldes con alimentos y sobre todo escondiéndolos cuando eran perseguidos por los soldados de Batista. Y después que la revolución triunfó, ellos siguieron haciendo lo mismo, trabajando en sus tierras y en el central y viviendo sin meterse con nadie, respetados y queridos por todos sus vecinos y por cuantos los conocían. Pero poco después la situación cambió. El gobierno revolucionario comenzó a quitarle las tierras a sus propietarios. Al principio se las quitaron a los dueños de fincas muy grandes, pero paso a paso se las fueron quitando a todos. Y uniendo varias fincas formaban cooperativas. Cuando los funcionarios de la reforma agraria vinieron a tomar posesión de la tierra que les pertenecía, la tierra que con tantos trabajos habían comprado y donde habían nacido casi todos los que formaban la familia, los Pérez trataron de resistir, pero nada pudieron hacer los machetes y los cuchillos contra las armas automáticas rusas de los agentes fidelistas. En poco tiempo todo quedó terminado y fueron informados que podían quedarse a vivir en las casas, siempre y cuando no crearan ningún problema, pero que a partir de entonces las tierras y el producto de las mismas pertenecían a la cooperativa que se había formado y que en el futuro tenían que hacer lo que el administrador de la cooperativa mandara. Cuando poco después se formaron los primeros grupos de alzados en el Escambray, había varios de los Pérez entre ellos. Al oír las primeras explosiones quedó sorprendido. Y después todo pasó con gran rapidez. Vio como su tío, que estaba de pie allí cerca, se doblaba como un muñeco de trapo mientras la mancha roja que apareció en su estómago se hacía cada vez más grande. Otros del grupo habían echado mano a sus armas y tiraban sin saber a ciencia cierta donde estaba el enemigo. El «Chino,» con quién él estaba hablando cuando comenzó todo, se había arrastrado hacia unos matojos que estaban allí cerca y le hizo señas que se uniera a él. Logró llegar junto al «Chino» y juntos se arrastraron hasta el borde de un pequeño despeñadero que había al fondo del campamento. Como las explosiones habían cesado y solo se oía el quejido de algún herido, se arriesgaron y se dejaron caer por el despeñadero. Llegó al fondo maltrecho y confundido, pero había tenido la suerte de no romperse un hueso. El «Chino» no había tenido la misma suerte. Al caer se había roto un hueso y el hueso le salía por un lado del pantalón. Oyó que le decía en voz muy baja, en un susurro,

—Huye, no puedes hacer nada ni por mí ni por ninguno de nosotros. Nos están tirando con morteros y detrás vienen ellos. Sálvate.

Y huyó. Sabía donde estaba y pudo escabullirse entre el primer anillo de milicianos. ¡Pero eran tantos! Estaban por todas partes. Esa noche salió bien. En dos ocasiones los vio venir y pudo esconderse. Por la mañana se subió a la copa de un árbol y se hizo un ovillo entre las ramas. Cuando llevaba varias horas en la misma posición, se le empezaron a dormir los brazos y las piernas y después sentía unos calambres muy dolorosos, pero se agarraba desesperadamente a la rama y no se movía. Lo peor era la sed. El sol quemaba como si fuera de fuego y hubiera dado cualquier cosa por un buche de agua, pero así y todo aguantó hasta que llegó la noche. Con mucho cuidado bajó del árbol en la oscuridad temiendo a cada momento caer y romperse la crisma. Lamió el rocío que había en las hojas y se sintió mejor. Pronto emprendió la huida de nuevo. Se movía como un espíritu, sin hacer casi ruido, y como era muy pequeño y delgado era muy difícil verlo en la oscuridad, pero él sabía que estaban allí cerca, que en cualquier momento podían descubrirlo. Se acordaba de su tío y de la mancha roja que de pronto apareció en su estómago. Fue lo último que vio de él antes que se desplomara de boca contra la tierra. Tenía la seguridad que estaba muerto, como probablemente estarían todos los demás. ¡Qué mala suerte había tenido el «Chino»! ¿Lo habrían cogido vivo? Era muy difícil que eso hubiera pasado. La última vez que lo vio estaba recostado en el tronco de un árbol con el cuarenta y cinco en la mano y una canana llena de balas al lado. Posiblemente estaría muerto, pero no tenía la menor duda de que si había tenido la oportunidad se había llevado a alguno por delante. Era un Pérez de verdad. Pero él tenía que salir de allí. Era muy joven para morirse. Acababa de cumplir catorce años. De pronto los oyó. Junto a una raíz vieja había una depresión en el terreno y allí se acurrucó. Como era muy pequeño se confundía con la tierra. Con el rabillo del ojo podía ver más allá de la raíz. Estaba amaneciendo y comenzaba a aclarar. De pronto sintió que las pisadas se acercaban. No quería levantar la vista. Se acordaba de la guinea que se queda agachada mirando a los ojos del cazador cuando éste se acerca. Mientras el cazador no mire hacia ella, el ave no se mueve. A veces el cazador está tan cerca que casi puede tocarla, y ella permanece quieta. Pero en el instante en que el cazador fija los ojos en los de ella, en el instante que sabe que la ha visto, como galvanizada, a toda velocidad emprende el vuelo. Por un instante creyó que las pisadas venían en su dirección, pero no fue así sino que se alejaron. Ahora oía voces.

—Coño, los cogimos asando maíz. No tuvieron tiempo de defenderse. Nunca supieron lo que les cayó arriba. Pero hay muchos de estos hijos de puta contrarrevolucionarios por aquí. ¿No oíste como el que se tiró por el despeñadero, a pesar de tener una pata partida, se fajó a tiros como un macho? Mató a un soldado de un balazo en el pecho y a otro le metió un plomo en la barriga. Si el teniente no le da un tiro en la cabeza hubiera jodido a varios.

Las voces se alejaron. Esperó un rato y comenzó a incorporarse. Nunca supo de donde vino la bala. Cayó sobre la raíz y se fue resbalando hasta quedar en el suelo hecho un guiñapo. El plomo del M-52 checo le había entrado por detrás de la oreja y le había destrozado la cabeza.

Era muy difícil ver en la oscuridad, pero la figura que se movía en silencio dentro del cañaveral parecía saber a dónde iba. Las hojas de la caña cortaban como cuchillas de afeitar y cualquier descuido podía traer dolorosas consecuencias. Aunque no era la temporada de los cocuyos de vez en cuando se veía un destello de luz muy cerca del suelo. La figura se arrodilló y de un bulto que traía en la mano sacó un cartucho de bodega y un cabo de vela de unas tres pulgadas de largo. Puso el cartucho en el suelo y alrededor del mismo amontonó pedazos de hojas secas. Metió el cabo de vela dentro del cartucho y lo empujó por un corte que tenía en el fondo. Ahora el cabo de vela, protegido por el papel, descansaba sobre las hojas secas. Repitió la operación varias veces hasta que había en el suelo media docena de cartuchos con sus velas adentro. Entonces la figura comenzó a encender las velas con mucho cuidado. La llama no se veía a través del papel opaco que las rodeaba. Terminada la tarea, salió rápidamente de entre las cañas y después de cerciorarse que no había nadie por los alrededores, se dirigió a un carro viejo que estaba oculto en uno de los callejones junto al cañaveral. Después de dos intentos que fracasaron, el motor tosió y arrancó. Una vez en la carretera, el automóvil se dirigió al cercano pueblo. Paró junto a la iglesia y la figura vestida de negro se bajó y entró por una puerta que daba a la sacristía. Al entrar, una bombilla que colgaba del techo iluminó la cara del joven párroco, quién se dirigió hacia las habitaciones que habían detrás de la sacristía. Allí se quitó la sotana y cuidadosamente la limpió e hizo lo mismo con los zapatos. Se vistió de nuevo y regresó a la sacristía. Pasó a la iglesia y dirigiéndose hacia el altar mayor se arrodilló y comenzó a rezar en silencio. A varios kilómetros del pueblo, en una finca robada a sus antiguos dueños por el gobierno comunista de Castro, los secos cañaverales comenzaban a arder como encendidos milagrosamente.

Desde que llegó a la parroquia se había ganado la buena voluntad de cuantos lo trataban. A pesar de su juventud, los habitantes del pueblecito y también los de otros pueblos de los alrededores lo trataban con mucho respeto y cariño. Siempre estaba dispuesto a ayudar a todo el mundo, especialmente a los pobres y a los necesitados. Por eso a nadie extrañó que cuando arreció la lucha contra Batista, él ayudara a las víctimas de la violencia y a sus familias sin importarle de que parte estaban. Al triunfar la revolución, pensó, como mucha gente en Cuba, que había que darle un voto de confianza al nuevo gobierno, pero muy pronto comenzó a ver cosas que comenzaron a intranquilizarlo. Esto era diferente a lo que él esperaba. Todos los días surgían una serie de contradicciones que eran muy difíciles de aceptar. Se hablaba públicamente de hermandad y humanismo y sin embargo, los fusilamiento se hacían más numerosos. En su discurso del 8 de enero en el campamento de Columbia Fidel había levantado la bandera de la paz exclamando ¿Armas para qué? y el 21 del propio mes se había dirigido al pueblo de Cuba defendiendo la justicia revolucionaria y los fusilamientos. El 22 de marzo, en un acto frente al Palacio Presidencial, cuando el ex-presidente de Costa Rica, José Figueres, gran amigo de la revolución cubana, advertía del peligro comunista, Fidel permitió que David Salvador le arrebatara el micrófono de la mano a Figueres y lo increpara rudamente, sin permitirle terminar lo que estaba diciendo. Y poco después el propio Fidel, olvidando lo mucho que Figueres había ayudado a la revolución cubana, lo atacó brutalmente acusándolo de ingerencia en los asuntos de Cuba. Y así se vivía día por día, en una constante contradicción. Y por fin llegó el golpe de gracia. El 21 de mayo Fidel había pronunciado un discurso atacando duramente al partido comunista y al comunismo en general, pero el 19 de octubre ordenó la destitución y el encarcelamiento del Comandante Hubert Matos por sus pronunciamientos anti-comunistas. Y a partir de entonces el proceso se fue acelerando. Castro, habiendo quedado como único jefe de la revolución, se fue apartando de la línea anticomunista y fue orientando su gobierno hacia el bloque soviético. La revolución política, cubana y humanista se convirtió de la noche a la mañana en una revolución social que abrazando los principios marxista-leninistas rompió toda vinculación con el mundo occidental, convirtiendo a Cuba en una marioneta del bloque soviético y en el primer país comunista del continente americano. Pronto el cambio comenzó a verse en las relaciones con la iglesia católica. Como sacerdote y como cubano él no tuvo más que una alternativa. Enfrentarse a las hordas del comunismo ateo. Pegarles donde les doliera. ¿Y qué es lo que más necesitaba Castro? Azúcar. Azúcar para pagar la infiltración comunista en todos los pueblos del continente; azúcar para comprar las armas y municiones que eran usadas para esclavizar a Cuba, para asesinar a los patriotas que se oponían a la Bestia Roja, para dejar a tantos niños cubanos huérfanos y a tantas madres llorando por los hijos que nunca volverían a ver. Azúcar para mantener en el poder una camarilla de asesinos y traidores que habrían de corromper, desmoralizar y prostituir a un pueblo tan digno como el cubano. Y por primera vez en su vida sintió cólera. Una cólera feroz contra el sistema y el hombre que lo representaba. Una cólera que no le cabía en el pecho contra aquellos que negaban al hijo de Dios y su sublime sacrificio, que cometían sacrilegio en sus iglesias, y que perseguían y martirizaban a sus fieles. Una cólera como la que sintió Jesucristo cuando echó a los mercaderes del templo. Nunca tuvo la resistencia un guerrero tan valiente ni tan humano. Fue ejemplo vivo de fe cristiana para cuantos tuvieron la suerte de estar con él en la lucha contra Castro. Era un gran compañero. Una vez un miembro de la resistencia se acercó a él y le dijo:

—Padre, muchas veces he pensado qué me pasaría si me toca matar a alguien. ¿Cree que Dios me perdonaría?

Y él, poniéndole una mano en el hombro y mirándole a los ojos le respondió:

—Ojalá no tengas que hacerlo, hijo. Pero si tienes que hacerlo, ven después a mí, que te daré la absolución.

¡Cuanta culpa en este terrible via crucis correspondía a los que como él debieron ver la verdad desde un principio! ¡Pero es tan fácil absolver lo que se quiere justificar! ¡Hay tanta cobardía y egoísmo en el ser humano! ¿Cuántas veces había defendido la revolución aún a sabiendas de las injusticias que se estaban cometiendo? ¿Y por qué lo hizo? ¿Era porque aún creía en ella? No, había sido a causa del miedo. Aunque nunca quiso aceptarlo ahora lo veía claro. Lo hizo simplemente por el terror de verse acusado, humillado, maltratado. Y peor aún, por temor a perder todo lo que tenía. Su comodidad. Su vida hecha. Nunca se detuvo a pensar que ya nada le pertenecía. Ni aún su propia voluntad. Lo había perdido todo, hasta el respeto por sí mismo. Cuando arrestaron a su sobrino acusado de conspirar contra el gobierno, se negó a defenderlo. Para qué, si ya estaba condenado. El llanto y los ruegos de su hermana se estrellaron contra su miedo. Pero al llegar la noche, no pudo más y fue al lugar donde se iba a celebrar el juicio. La sala estaba atestada. Poco después trajeron al acusado y lo pararon frente a sus verdugos. Parecía un mártir. Un momento después, al cruzarse sus miradas, vio que en los ojos del joven no había ningún reproche, solamente una mirada triste, llena de infinita lástima, para los que como él habían perdido el camino de la verdad. Y recordando a otro joven inocente que dos mil años antes se había parado ante un juez cobarde que se lavó las manos por el crimen que iba a permitir, sintió vergüenza de su cobardía. Muchos de los que lo vieron esa noche levantarse y defender al acusado, comprendieron que no era solamente a él a quién defendía. Hablaba por todos los cubanos esclavizados y sin patria. Y sobre todo, hablaba por sí mismo. Cuando terminó, en medio de un profundo silencio, se acercó a su sobrino y estrechándolo entre los brazos le dijo.

—Gracias.

Al día siguiente su hermana lo llamó para decirle que su hijo había sido fusilado al amanecer.

Nunca había simpatizado con Fidel. Lo conocía del colegio de Belén y de la escuela de derecho de la Universidad de la Habana. Lo conocía muy bien.

¿Cómo había sido posible que hubiera engañado a la gran mayoría de la población de Cuba, a los intelectuales y sobre todo, lo más inexplicable, a los políticos?

Mientras esperaban la llegada de la embarcación que los sacaría del infierno en que se había convertido Cuba, recordaba y entre sus recuerdos habían pequeños episodios que ahora veía con gran nitidez.

Recordaba un día lluvioso cuando los alumnos de Belén se escurrían tratando de eludir la lluvia que caía salpicando el suelo de granito de los pasillos interiores, que aunque con techo, por el lado interior no tenían paredes que los protegieran. Y en esas condiciones apareció Fidel, montado en una bicicleta. Cuando lo vieron, los estudiantes se quedaron sorprendidos y algunos le dijeron que era una locura montar en bicicleta con el piso en esas condiciones, que estaba buscando romperse la crisma. Fidel decidió probar que estaban equivocados. Y sin pensarlo más, comenzó a pedalear furiosamente en dirección a la pared, mientras gritaba.

—Ahora verán que puedo parar cuando quiera.

Y diciendo esto, trató de frenar pero la bicicleta resbaló en el granito mojado y se estrelló contra la pared. Fidel estuvo varios días en la enfermería del colegio.

Recordaba como después de pasarse la tarde jugando a la pelota o al balón cesto, Fidel era el único estudiante que se vestía de cuello y corbata sin bañarse, por lo que se ganó el apodo o nombrete de «bola de churre.»

Lo recordaba en la universidad, siempre tratando de ser un líder, sin que los estudiantes lo tomaran en serio. Trató de quitarle a la fuerza la presidencia de los estudiantes de derecho a Aramís Taboada, pero fracasó.[32] Unos días después de tener una violenta discusión con el líder estudiantil Leonel Gómez en el centro de estudiantes de la escuela de derecho, trató de asesinarlo a traición a la salida de un juego de «foot ball» americano y terminó hiriendo de un balazo a otro estudiante que no tenía nada que ver en el asunto. En una ocasión, después de una discusión en la escuela de derecho con el estudiante Héctor Lamar, éste lo desafió a ir al estadio universitario.[33] Ya en el estadio, Lamar le estaba dando una buena paliza, cuando un grupo de sus amigos decidieron intervenir en su ayuda y atacaron a Héctor. Al ver esto, el compañero de Héctor, Jorge Besada y otro amigo «disuadieron» rápidamente a los amigos de Fidel. Como resultado, uno o dos de estos, fueron a parar al hospital. Buscando venganza, Fidel y los suyos fueron a ver a un grupo de acción de una organización revolucionaria con los que tenían relaciones y acusaron a Besada y a su amigo de haberlos atacado por ser amigos de ellos. Si Besada no logra aclarar rápidamente el asunto, mal la hubieran pasado él y su amigo. Estuvo complicado en la muerte del líder estudiantil Manolo Castro, quien a pesar de tener el mismo apellido no tenía ninguna relación con él y en el asesinato del líder colombiano Jorge Eliecer Gaitán, que trajo como consecuencia el famoso «bogotazo.» Cuando se intentó la invasión de Santo Domingo por un grupo de dominicanos y cubanos y la embarcación que los llevaba fue interceptada por una fragata de la marina de guerra cubana, Fidel saltó al mar, en aguas infestadas de tiburones y llegó a nado a la costa, siendo poco después detenido.

¿Cómo fue posible que con esos antecedentes de violencia y locura Fidel hubiera podido engañar al pueblo de Cuba como lo hizo?

Era muy sencillo, lo había hecho utilizando la mentira y el engaño sin ningún escrúpulo, primero con una campaña de propaganda perfectamente organizada con el único objetivo de llegar al poder, en la que se presentaba como un «Robin Hood,» un joven idealista que peleaba contra un implacable dictador y en la que fueron utilizados, mezclando y exagerando magistralmente la verdad y la mentira, los errores y violencias de la dictadura de Batista; y después manteniéndose en el poder por el terror. Porque desde un principio, en su gobierno no se perdonaba y se mataba

---

[32] Años después Aramís moriría en una prisión castrista a la que había sido enviado por orden del propio Fidel Castro.

[33] En la Universidad de la Habana existía la tradición de que si dos estudiantes iban a pelear allí, la pelea terminaría solamente cuando los dos decidieran darla por terminada. Y no se permitía que nadie interviniera para separar o ayudar a los que pelearan.

sin vacilación. Sin ninguna compasión había sacrificado a muchos de sus más antiguos y fieles compañeros por el solo delito de no querer aceptar el comunismo. Desde un principio, con Fidel, nadie estaba seguro.

Como un calidoscopio pasaban por su memoria recuerdos de su vida. La alegría y la hospitalidad que eran antes distintivas de un pueblo digno y acogedor. Y ahora todo eso había cambiado. En las calles, en lugar de la risa y la música, sólo se oían los gritos de «Patria o muerte» «Venceremos» y el ronco rugido de «Paredón, paredón.» La alegría y el canto se habían convertido en muecas de odio y gritos de ira. Las familias se dividían y unos acusaban a los otros. Los hermanos se volvían contra los hermanos, los hijos contra los padres, los amigos contra los amigos. Los vecinos espiaban y denunciaban a sus vecinos. La sospecha había desplazado la amistad y el afecto. No había con quien hablar y el aire que se respiraba era denso, cargado de temor. ¿Por qué había pasado todo esto? ¿Era necesario? ¿Se había vuelto loco el mundo? ¿O era solamente la labor de un judas en quien el pueblo había creído? Parecía imposible que esto pudiera pasar en Cuba. En un país lejano, cubierto de nieves y de frío, podía pasar, pero en Cuba, la Perla del Caribe, la Isla del Sol, ¡No y mil veces no! Y sin embargo, había pasado. Y la Isla que dio a luz los versos sencillos de José Martí; que vio al Titán de Bronce descansar a la sombra de una ceiba después de una victoriosa carga al machete; que oyó las décimas de la guantanamera cantadas por el guajiro cubano a la dulce compañera bajo el susurro de la palma real, se había convertido en una gigantesca prisión y su fértil tierra se alimentaba ahora de la sangre de sus hijos. No podía ser cierto, pero lo era.

Y lo más irónico de todo era que aquellos que habían hecho la revolución, los idealistas que habían arriesgado la vida tantas veces pensando en hacer de Cuba un ejemplo de humanismo y armonía que saliera más allá del continente y se volcara por todos los ámbitos del mundo, ahora también eran perseguidos y exterminados por la nueva jauría del diabólico líder que habían llevado al poder. Muy caro les estaba costando el error que habían cometido, pero infinitamente mayor sería el precio que tendría que pagar por ese trágico error el pueblo de Cuba. ¿Había sido necesario todo este sufrimiento? No y mil veces no. En los últimos treinta y cinco años antes de la subida al poder del castrismo en Cuba se había producido un cambio sin precedente. El comercio y la industria habían avanzado a pasos agigantados pasando a poder de manos cubanas la mayoría de las más importantes fuentes de riquezas del país tales como los bancos, las industrias azucarera, turística, ganadera, tabacalera, avícola y lechera; la radio, y la televisión, etc. De un pueblo libre y soberano, uno de los más modernos y ricos del continente, poseedor de una constitución y leyes sociales que eran orgullo de todos los cubanos y que se consideraban entre las más avanzadas del mundo, Cuba se había convertido en un satélite, en una colonia más de la URSS, un país que había cambiado su soberanía y dignidad por la mas abyecta sumisión a un país extranjero. Tal vez la más grande de las falacias de la dialéctica castrista fue la de presentar desde el principio a Cuba como un país subdesarrollado, que había cambiado su dependencia y falta de soberanía por la de un estado soberano e independiente, cuando lo cierto era lo contrario. En sus relaciones internacionales antes de Castro, Cuba podía actuar y actuaba con total soberanía e independencia, aunque siempre ajustándose a las leyes y normas de la comunidad internacional. Después de Castro la situación dio un vuelco total de trescientos sesenta grados. Como país, Cuba tenía que aceptar y someterse a los cambios y tácticas que eran ordenados desde el Kremlin. En el aspecto económico, desde un principio los productos cubanos eran comprados por la URSS a los precios que ellos fijaban y Castro tenía que pagar por los productos de la URSS el precio que ésta unilateralmente fijaba por los mismos. Y en el aspecto político, perdió toda independencia y autodeterminación, como fue más que evidente durante la crisis de octubre de 1962, cuando la situación concerniente a Cuba fue resuelta entre el primer ministro de la URSS y el Presidente de los Estados Unidos de América, sin darle participación ni cuenta a Castro ni a su gobierno. Lo cierto es que de un país soberano y digno Castro había hecho de Cuba una colonia más del comunismo internacional y de sí mismo un lacayo despreciable de la URSS.

—Ya es la hora —oyó que le decían tocándole el brazo. Volvió a la realidad. El grupo se dividió en las tres cachuchas. Él iba en la segunda. Por un momento pareció que sería imposible, que las embarcaciones se hundirían. Pero no fue así, aunque el agua quedaba a tres dedos de la borda. La suerte era que el mar estaba como un plato. Llevaban un rato remando silenciosamente cuando descubrieron la salida del canal. Y un poco más allá el barco pesquero. La oración que nació en el corazón de todos murió en sus labios, pues súbitamente, de entre los manglares, surgió un potentísimo haz de luz al mismo tiempo que unos poderosos motores arrancaban. Cegado por la luz no pudo ver nada, pero oyó el ensordecer rugido de los motores que se les venían encima. El oleaje se hizo tan fuerte que por poco la cachucha se va a pique. Como si hubiera sido ordenado, la luna, que había estado escondida detrás de una nube, salió y sus rayos alumbraron claramente la escena. La primera cachucha ya no estaba allí. Se había hundido. Solamente quedaban los cuerpos de sus ocupantes que se agitaban desesperadamente en el agua. Y más allá, la lancha patrullera, que como miura furioso daba la vuelta y volvía al ataque. El reflector buscó a los que nadaban, y cuando los encontró los motores se aceleraron de nuevo al máximo, y la lancha se lanzó contra ellos. El ruido de los cuerpos al ser destrozados por la proa de acero de la embarcación y por las hélices, parecía surgir del mismo infierno. De nuevo la diabólica aparición viró y cargó una vez más. Y cuando todo parecía perdido, la patrullera cambió de rumbo y se alejó. Y ya lejos, el motor dejó de andar. Le pareció oír un disparo y luego otro, pero no estaba seguro.

Ahora sí que se oía algo. Era el golpe suave de unos remos manejados con gran cautela. Y de pronto, entre los manglares aparecieron las tres embarcaciones, tan cargadas, que parecía que iban a hundirse.

El ruso dio las órdenes en voz muy baja. Él se encargaría del timón. José estaría a cargo de la calibre cincuenta y los demás a sus puestos. Pero que no se disparara hasta que él diera la orden. Quería divertirse un poco. Y cuando volvió la cara, José vio como se pasaba la lengua por los crueles labios, con la satisfacción de una bestia salvaje que huele sangre.

El rayo de luz del reflector cayó sobre las embarcaciones como una bomba, al tiempo que la lancha, al arrancar los motores, salía disparada de su escondite. Horrorizados pensaron que la intención del ruso era pasar por ojo la primera embarcación, pero al llegar cerca de ella, viró rápidamente evitando el choque. El oleaje que se produjo hizo que el mar saltara dentro de la embarcación hundiéndola. Ya la lancha había virado y volvía de nuevo. Los tripulantes podían ver los cuerpos tratando de mantenerse a flote. El ruso dirigió la lancha directamente hacia ellos, y dándole súbitamente a los motores el máximo de velocidad, les pasó por encima. El impacto de la afilada proa de metal al golpear los cuerpos y el ruido extraño de las potentes hélices al destrozarlos, pareció excitar más a aquella bestia, que haciendo girar rápidamente la embarcación, la lanzó contra las dos cachuchas que desesperadamente trataban de huir. Pero antes que pudiera llegar cerca de ellas, Luis se agarró frenéticamente al timón, haciendo que la lancha se desviara en su loca carrera. De un bofetón con el revés de la mano, el corpulento ruso lanzó al joven al suelo, donde ciego de ira comenzó a patearlo sin piedad. La lancha sin gobierno, corría como un caballo desbocado sobre las tranquilas aguas, alzando montañas de espuma a su paso.

—Toma ésta y toma ésta cochino cubano —decía el ruso echando espumas de rabia por la boca—. Todos son iguales, no aprenden más que a patadas.

Uno de los tripulantes, un marino viejo que no hablaba con nadie, apagó los motores.

Desde la proa de la embarcación, José había visto la matanza. Vio los ojos de espanto de una niña un segundo antes que la proa de la embarcación le destrozara la carita. Y en ese instante algo explotó dentro de él. Y vio la verdad. La verdad que no había querido ver hasta ahora.

Cuando llegó al lado del ruso, éste levantaba la pierna para aplastar la cara de Luis. José lo empujó haciéndole perder el equilibrio. Al caer de espalda contra uno de los bancos de la embarcación, el ruso sacó la pistola que llevaba a la cintura y disparó. Como un árbol al que cortan las raíces, José se desplomó.

Plácido lo había visto todo. Pensó que el ruso recogería a los náufragos. Y por eso encendió el reflector que estaba a su lado, para poderlos ver y que no fueran a ahogarse. ¡Casi todos eran mujeres y niños chiquitos! Al principio no podía creer lo que estaba haciendo el ruso, pero al fin vio claro. ¡Y él lo había ayudado con la luz del reflector! Y sintió una furia como nunca la había sentido.

Cuando llegaba a la cabina vio como José se desplomaba y al ruso que se incorporaba con la pistola en la mano. El ruso lo vio llegar.

—¿Tú también mono? —le dijo y apuntando hacía él, disparó la pistola.

Plácido sintió un golpe terrible en el estómago que lo hizo doblarse y al mismo tiempo sintió el sabor a quilo prieto que le llenaba la boca. Como un relámpago recordó la pelea cuando estaba ganando el campeonato y pensó que ésta sí no podía perderla. Las vidas de muchos inocentes dependían de él. Pero sabía que no le quedaba mucho tiempo. Con un esfuerzo extraordinario se enderezó. Y cuando el ruso, sorprendido, trataba de disparar de nuevo, de un puñetazo en el pecho Plácido lo hizo caer de espalda contra la pared de la cabina. La pistola se le escapó de la mano. Y cuando trataba de inclinarse para recogerla, de otro golpe Plácido lo enderezó. Al principio el ruso trató de defenderse pero le fue imposible. Parecía como si en aquellos puños negros se hubieran concentrado toda la ira, el ansia de libertad y el instinto indomable de un noble pueblo traicionado y esclavizado. Eran puños de hierro. De un hierro muy superior a aquel del que estaban forjadas las cadenas que aprisionaban la Patria. Y el otro era el símbolo de esas cadenas. Plácido estaba tan cerca del ruso que éste no podía caer. Cada vez que comenzaba a desplomarse un nuevo golpe demoledor lo enderezaba, lanzándolo de nuevo contra la pared. Y cuando Plácido comprendió que las fuerzas lo abandonaban, concentró en un último golpe toda la ira y el odio que sentía. Como un relámpago volvieron ante sus ojos las caras horrorizadas de los niñitos, de las mujeres y de los hombres, todos cubanos, que esta bestia había destrozado por placer. Y esta vez, cuando el ruso se desplomaba hacia adelante, el cubano dio un paso al lado y levantando las dos manos unidas en un puño gigantesco, al caer el ruso hacia adelante, le pegó en la nuca con una fuerza como nunca había sentido. Y al golpearlo, oyó el ruido seco de huesos que se rompen. Sintiendo que la vida se le escapaba, por un instante, Plácido logró erguirse agarrándose del timón. Y al mirar hacia abajo vio al ruso en el suelo, a sus pies, la cara una pulpa sanguinolenta y la cabeza torcida grotescamente sobre el cuello roto. Y al hundirse en las sombras, Plácido sonreía. Esta vez el árbitro tenía que levantarle el brazo, había ganado la pelea.

Al día siguiente al amanecer una embarcación del servicio de guardacostas de los Estados Unidos recogió a un grupo de cubanos que habían escapado de la Isla en una lancha patrullera. Con ellos traían los cadáveres de dos miembros de la tripulación, uno blanco y el otro negro. Y en las aguas de las costas de Cuba habían quedado once cadáveres, diez destrozados por las hélices de una embarcación y el otro el de un teniente ruso con el cuello roto.

Primer Apéndice

Sinopsis de los años comprendidos desde 1933 hasta 1959

El 12 de agosto de 1933, después de ocho años de un gobierno turbulento, el General Gerardo Machado y Morales dejó la presidencia y se marchó a los Estados Unidos. El país quedó en manos de un gobierno provisional bajo la presidencia del Dr. Carlos Manuel de Céspedes. Este gobierno provisional tuvo que enfrentarse de inmediato no solo a una situación política caótica, sino también a una economía en ruina, como consecuencia de la crisis económica por la que atravesaba el mundo en esos años. El 4 de septiembre un grupo de sargentos, con la ayuda de varios líderes estudiantiles dieron un golpe de estado y asumieron el control de las fuerzas armadas, No habiendo querido aceptar el sargento Pablo Rodríguez la jefatura del golpe de estado, los participantes del mismo designaron al sargento Fulgencio Batista para que la ocupara. El gobierno provisional del Dr. Carlos Manuel de Céspedes fue sustituido por un gobierno provisional colegiado, que duró cuatro días, desde el 4 hasta el 8 de septiembre. El acto más importante del gobierno provisional fue el nombramiento oficial del sargento Fulgencio Batista y Zaldívar, promovido a Coronel, como Jefe del Ejército. El 10 de septiembre el gobierno colegiado fue sustituido por el Dr. Ramón Grau San Martín, como Presidente de la República. Mientras tanto algunos de los antiguos oficiales, negándose a ser separados de las fuerzas armadas, se habían hecho fuertes en el hotel Nacional. Pero varios días después, sin haber obtenido el apoyo popular que esperaban, tuvieron que rendirse al ser atacados por fuerzas muy superiores. Los participantes del golpe de estado fueron promovidos para ocupar los cargos de los oficiales desplazados. Un capítulo de la historia de Cuba se había cerrado y comenzaba uno nuevo.

A principios de 1934 renunció el presidente Grau y ocupó la presidencia el Ingeniero Carlos Hevia, quien un día después fue sustituido por el coronel de la Guerra de Independencia Carlos Mendieta. El Coronel Mendieta renunció a fines de 1935, siendo sustituido por el Dr. José A. Barnet. El 10 de enero de 1936 se celebraron elecciones generales, resultando elegida la candidatura del Dr. Miguel Mariano Gómez como Presidente y el Dr. Federico Laredo Bru como Vice-Presidente. Desde un principio se hizo manifiesta la enemistad que existía entre el presidente electo y el jefe del ejército, Coronel Batista, que poco tiempo después llegaría a hacer crisis. El 23 de diciembre de 1936, el Senado, constituido en Tribunal de Justicia, acordó la destitución del Presidente Miguel Mariano Gómez y dispuso que el mismo fuera sustituido por el Vice-Presidente Coronel Federico Laredo Bru. Pero Batista era quien mandaba. El 15 de noviembre de 1939 se convocó a elecciones para elegir a los delegados que habrían de redactar una nueva constitución. Entre los elegidos figuraron representantes de las más diversas tendencias ideológicas, incluyendo a varios del Partido Comunista. La Convención Constituyente fue inaugurada el 9 de febrero de 1940. El texto aprobado, la *Constitución de 1940*, fue promulgado el 5 de julio, publicado en la *Gaceta Oficial de la República* el 8 de julio y entró en vigor el 10 de octubre de 1940. Producto de muchos meses de trabajo y de intensos debates, la Constitución de 1940, fue considerada rápidamente por expertos internacionales como una de las más progresistas del mundo. En su edición de 1956 al referirse al régimen de seguros sociales contenido en la Constitución Cubana de 1940, la Enciclopedia Británica dice:

El régimen de seguros sociales es de los más avanzados del mundo, pues incluye vacaciones pagadas, el expediente de despido, sin el cual los obreros, oficinistas y empleados cubanos no podrán ser separados de sus cargos, sino a virtud de dicho expediente y por sentencia que, en definitiva en vía de apelación, dictará la Sala de Garantías Constitucionales y Sociales del Tribunal Supremo de la República.

A pesar de la inestabilidad política que existía durante la década de los treinta, se había producido en Cuba un fuerte proceso de renovación política y social, dictándose durante ese tiempo leyes sociales muy avanzadas, tales como la Ley de Coordinación Azucarera de 2 de septiembre de 1937, por la que se hizo el reordenamiento de la industria azucarera y se reconoció el derecho del agricultor a poseer la tierra que trabajaba y a incorporarse a plenitud a la vida económica del país; el Decreto 798 de 1938 en el que se declaraba la inamovilidad de los trabajadores y el procedimiento legal que habría de seguirse obligatoriamente en el caso de que se intentara despedir a un obrero por haber incurrido específicamente en alguna(s) de las diez y nueve causas de despido establecidas por el propio decreto; y otros muchos más decretos y leyes, que prepararon el camino para el gran desarrollo económico que tendría lugar en Cuba en los veinte años comprendidos entre 1937 y 1957. Muchos de estos principios y normas sociales fueron incorporados en la Constitución de 1940, uno de los artículos más importantes de la cual, el número 140, limitaba el derecho a ser presidente a un período de cuatro años, al disponer en su último párrafo lo siguiente: «El que haya ocupado una vez el cargo (de Presidente) no podrá desempeñarlo nuevamente hasta ocho años después de haber cesado en el mismo.» El primer presidente que asumió el poder bajo la Constitución de 1940 fue Fulgencia Batista, quien fue elegido en las elecciones de 1940.

El gobierno de Batista estuvo plagado de corrupción, pero al llegar al término de su mandato, en las elecciones de 1944 Batista optó por seguir la línea democrática, aceptando la derrota de su candidato el Dr. Carlos Saladrigas y entregando el mando al candidato de la oposición, Dr. Ramón Grau San Martín, su enemigo personal. Este acto de disciplina democrática le ganó a Batista la simpatía de muchos en el continente y en el mundo entero. Después de entregar la presidencia a Grau, Batista se fue a vivir a Daytona Beach en la Florida.

El presidente Grau, que había llegado al poder por la voluntad de la gran mayoría del pueblo cubano, resultó un gran desengaño. Una vez más en la historia de Cuba la corrupción se hizo rampante y aún el partido que había llevado a Grau a la presidencia, el Partido Cubano Auténtico, se escindió. Eduardo Chibás, un senador que había estado junto a Grau desde las luchas estudiantiles contra Machado, y que había sido su gran amigo y defensor, se separó del gobierno acusando al presidente y a su gobierno de corrupción e incapacidad, y pronto formó un partido de oposición, el Partido del Pueblo Cubano, Ortodoxo.

Poseedor de gran carisma, Chibás comenzó a atacar furiosamente por la prensa y la radio a Grau y a sus más cercanos colaboradores, llegando a alcanzar gran popularidad.

Al llegar las elecciones generales de 1948 habían tres candidatos presidenciales: el Dr. Carlos Prío, senador, amigo y protegido de Grau, quien lo llevó como candidato del Partido Cubano Auténtico; Eduardo Chibás, candidato del Partido Ortodoxo; y el Dr. Ricardo Núñez Portuondo, prestigioso cirujano, candidato del Partido Liberal.

El Partido Liberal había existido desde los comienzos de la vida republicana cubana, pero había caído en desgracia por haber sido el partido que había llevado a la presidencia al general Machado. Esta era la primera oportunidad que se le ofrecía de aparecer de nuevo en la política nacional, y sus antiguos y nuevos partidarios trabajaron incansablemente a favor de la candidatura de Núñez Portuondo

El Partido Cubano Auténtico, se consideraba continuador del histórico Partido Cubano, cuyas raíces se remontaban a la época colonial y a las luchas por la independencia.

El Partido Ortodoxo Cubano reclamaba ser el verdadero heredero del Partido Cubano, alegando que el Presidente Grau y su gobierno, responsables de la corrupción que existía, habían perdido todo derecho a presentarse como representantes del verdadero Partido Cubano.

En unas elecciones en que la corrupción llegó a límites nunca vistos antes, el Dr. Carlos Prío ganó la presidencia y tomó posesión de la misma en 1948. Llena de muchos de los colaboradores de Grau y de otros traídos por el nuevo presidente, la administración de Prío siguió la acostumbrada ruta de corrupción administrativa que se había hecho norma. Pero es justo hacer constar que durante los años de gobierno de Prío se aprobó la legislación suplementaria necesaria a la implementación de los

Tribunales de Cuentas y de Garantías Constitucionales y Sociales de acuerdo a los dispuesto por la Constitución de 1940.

Sin embargo, las luchas entre grupos pertenecientes a distintas tendencias dentro del propio partido de gobierno, que habían comenzado durante el gobierno de Grau, continuaron durante el gobierno de Prío, causando mucho daño al mismo. Desde la época del Dr. Grau, en varias ocasiones ocurrieron en lugares públicos encuentros a tiros entre miembros de facciones opuestas que dejaron un saldo de muertos, entre ellos personas inocentes que por casualidad se encontraban o pasaban por el lugar. El último de esos hechos tuvo lugar en el restaurante La Isla, situado en la esquina formada por las calles de Neptuno y Belascoaín, uno de los lugares más transitados de la ciudad de la Habana. En horas de la noche unos individuos abrieron fuego contra un grupo que se encontraba sentado alrededor de una mesa. Entre los muertos que resultaron estaba Alejo Cosío del Pino, Ministro de Gobernación en el gabinete del Presidente Prío. La conmoción que se produjo fue enorme, y aunque públicamente se sabía que se trataba de pugnas entre elementos del gobierno, nunca se llegó a una conclusión a pesar de las investigaciones que se realizaron.

Un escándalo sucedía a otro. Al de la falsa incineración de millones en billetes deteriorados de cuño nacional que después comenzaron a aparecer en circulación durante la administración del Presidente Prío, siguió la acusación hecha por uno de los líderes del Partido Ortodoxo, el senador Pelayo Cuervo Navarro, quien antes los tribunales de justicia acusó formalmente al ex-presidente Ramón Grau y a otros de sus colaboradores de haberse apropiado indebidamente de más de ciento setenta y cuatro millones de pesos cubanos—en esos años el peso cubano estaba a la par con el dólar americano.

La situación política había llegado a un estado de desintegración enorme. Los ataques por radio del Senador Chibás contra las más importantes figuras del gobierno, incluyendo al propio Presidente Prío, se hacían cada vez más fuertes y personales. Pero Chibás cometió un error. A principios de 1951 se lanzó en una campaña feroz contra el Dr. Aureliano Sánchez Arango, profesor de legislación obrera de la Universidad de la Habana y Ministro de Educación de Carlos Prío. Aureliano, hombre inteligente que en su juventud había sido militante comunista, buscó la manera de hacer llegar a Chibás, como ciertos, datos que no lo eran, y Chibás cayó en la trampa. Confió en la información que le suministraban y cuando ya había hecho infinidad de acusaciones públicas contra el Dr. Sánchez Arango, afirmando que tenía las pruebas para sostenerlas, Sánchez Arango lo desafió a que lo hiciera. Y de pronto las pruebas se desvanecieron, nada era cierto. Abandonado por muchos de sus más íntimos amigos, lleno de vergüenza y a las puertas del ridículo político y del descrédito personal, el día cinco de agosto de 1951 Chibás compareció a la emisora radial a la hora que le correspondía. Durante su presentación se defendió apasionadamente y pidió al pueblo de Cuba que creyera en él, y al terminar, inesperadamente extrajo una pistola que traía y después de gritar que ese era «El último aldabonazo a la conciencia del pueblo de Cuba» se hizo un disparo en el vientre que le produjo la muerte once días después, el 16 de agosto.

Mientras tanto se acercaban las elecciones generales en las que sería elegido un nuevo presidente. Muerto Chibás había desaparecido el adversario más peligroso del gobierno.

Batista, a pesar de estar viviendo en Daytona, había sido elegido senador por el Partido Liberal de la provincia de las Villas en 1948. Poco tiempo después regresó a Cuba y fundó un nuevo partido político, el Partido Acción Unitaria y anunció su intensión de ser candidato a la presidencia en las próximas elecciones.

Habiendo el Presidente Prío decidido apoyar la candidatura de su hermano Antonio para alcalde de la Habana en las elecciones que habrían de celebrarse en 1950, el alcalde Nicolás Castellano se separó del Partido Auténtico, organizó un nuevo partido político y resultó de nuevo victorioso en las elecciones de 1950, derrotando a Antonio Prío. Poco después Castellano anunció que iría como candidato a la presidencia por su propio partido. Convencidos que si los dos iban como candidatos a la presidencia ninguno tendría poder suficiente para vencer al candidato del gobierno, Batista y Castellano acordaron que sería candidato por los dos partidos el del partido que hubiera alcanzado mayor número de afiliaciones en la reorganización de los partidos políticos que tendría lugar antes de las elecciones presidenciales. A pesar que el partido de Batista alcanzó el mayor número de afiliaciones, en el último instante Castellano llegó a un acuerdo con el gobierno y retiró su apoyo a la candidatura de Batista.

Ante esta situación, que destruía para él toda posibilidad de triunfo, Batista se unió a un grupo de militares que estaban descontentos con el gobierno de Prío, y el 10 de marzo de 1952, al frente de 36 hombres entró en el campamento militar de Columbia, muy cerca de la Habana. El Presidente Prío y su familia buscaron asilo político en la embajada de México. En menos de 24 horas, sin que hubiera ningún derramamiento de sangre, Batista había vuelto al poder. En su primera proclama al pueblo de Cuba, Batista aseguró que la situación caótica y la falta de garantías que existían en el país lo habían obligado a ocupar el poder de nuevo, prometiendo que tan pronto como la situación se normalizara y volviera a existir un estado de orden y garantías, convocaría a elecciones generales y entregaría el poder al presidente que fuera elegido democráticamente, como había hecho en 1944.

El pueblo, cansado de las luchas y del caos que existían en el país, no hizo nada y el golpe de estado se consolidó.

Pero mientras hacía muchas promesas, Batista se apresuró a designar en los cargos más importantes de su gobierno a los miembros de su antigua camarilla, a los mismos que habían hecho de su administración anterior un buen ejemplo de corrupción. Y cuando se celebraron las elecciones presidenciales a fines de 1954 y salió electo, al tomar posesión de la presidencia el 24 de febrero de 1955, siguió con los mismos colaboradores y la misma política, continuando una serie de eventos que culminarían en la madrugada del 1ro de enero de 1959 con su huida del país y con el triunfo de Fidel Castro. Tras él dejaba una Cuba ensangrentada y convertida en una gigantesca prisión gobernada por la dictadura bestial de un sicópata.

Segundo Apéndice

Cuba antes y después de Castro

Nunca se han cansado de proclamar Castro y sus seguidores los triunfos de la revolución comunista y de presentar a la Cuba pre-castrista como un país sub-desarrollado y muy pobre, cuya riqueza nacional estaba en manos extranjeras, especialmente norteamericanas y con una economía que dependía totalmente de los Estados Unidos. Y cómo para liberarla de esa situación fue necesario llevarla al campo de la Unión Soviética y del bloque de los países comunista. Sin duda de las infinitas mentiras y distorsiones de la realidad que pueden atribuirse a Castro y a su camarilla, ésta es una de las más desvergonzada. La paradoja consiste en que cuando Castro llegó al poder encontró una nación soberana, con representantes altamente respetados en las más importantes organizaciones internacionales. Sí, es cierto que existían importantísimos lazos comerciales con los Estados Unidos y que Cuba tenía la ventaja de un trato preferencial en estas relaciones, el mismo trato con el que soñaban no solo los países del mundo libre, sino también los del bloque comunista, empezando por la Unión Soviética y China. Lo que Castro hizo fue degradar la Isla, llevándola a una dependencia colonial con relación a la Unión Soviética, estableciendo una sumisión que no tenía en absoluto razón de existir y cuyo resultado fue la destrucción, no solo de la soberanía nacional y de la economía cubana, sino de la Nación cubana como entidad vital. La verdad sencilla y cruda es que Castro entregó vilmente a Cuba a los soviéticos para lograr su sueño de permanecer en el poder indefinidamente.

Para que los lectores puedan comparar la verdadera situación económica que existía en la Cuba pre-castrista con la situación económica que ha llevado al país la dictadura castrista, nos remitimos primero a un artículo titulado «La Revolución olvidada» publicado en el Vol. I No. 2 de Abril 1 de 1962 de la revista *Cuba Nueva*, en el que el autor doctor Jorge Castellanos, Director en aquella fecha del Buró de Estadística e Información de *The Truth About Cuba Committee*, hace un estudio muy detallado de la Cuba pre-castrista.

Según el Dr. Castellanos de acuerdo con el Department of Commerce y la Office of Business Economics de los Estados Unidos, las inversiones norteamericanas en Cuba, que en 1930 ascendían a $1,066,000,000 se habían reducido en 1958 a $861,000,000 que representaba sólo el 14% de la capitalización total de las industrias, comercios y propiedades agrícolas del país, que en 1958 ascendía a $6,000,000,000. Por lo tanto, en 1958 más del 80% de la riqueza nacional estaba en manos cubanas—recordamos al lector que siempre debe tener en cuenta que en 1958 el peso cubano se cotizaba 2 centavos por encima del dólar americano.

En la industria azucarera, la más importante de todas, este proceso de cubanización había sido espectacular. En 1939 los 56 ingenios de propiedad cubana produjeron el 22% de la zafra azucarera de ese año. En ese mismo año habían en Cuba 66 ingenios de propiedad norteamericana, que produjeron el 55% de la zafra. El otro 23% de la zafra fue producido por 52 ingenios propiedad de otras personas de diferentes nacionalidades. En 1958 los ingenios de propiedad cubana ya ascendían a 121 y produjeron el 62% del total de la zafra, representando ello un aumento de casi un 300% en los 19 años transcurridos entre 1939 y 1958. En ese mismo año de 1958, no quedaban más que 36 ingenios de propiedad norteamericana en Cuba, los que produjeron solamente el 37% del total de la zafra. Los ingenios pertenecientes a personas o entidades de otras nacionalidades, se habían reducido en 1958 a 4 ingenios, que produjeron el 1% del total de la zafra.

El Banco Nacional de Cuba, con funciones muy semejantes a las del Federal Reserve System de los Estados Unidos, comenzó a operar en abril de 1950. Cinco años después los bancos cubanos tenían en depósito $490,000,000 equivalente al 60% del total de los depósitos bancarios de Cuba, que en 1955 ascendía a $814,000,000.

Veamos lo que dice el Dr. Castellanos con respecto a la falacia fidelista de la existencia del «monocultivo» y de los «latifundios» en la Cuba anterior a Castro. Según el Banco Nacional de Cuba, en 1958 el ingreso nacional bruto de la Isla alcanzó la cantidad de $2,206,400,000, habiendo sido el valor de los ingresos azucareros en ese mismo año de $507,200,000 representando esa cantidad solamente el 23% del ingreso nacional bruto, demostrándose claramente la tendencia a una diversificación de la economía cubana ya que más de las tres cuartas partes del ingreso nacional bruto procedía de actividades ajenas e la producción azucarera. En 1958 había un total de 439,200 caballerías de tierras cubanas en producción, de las cuales solamente se dedicaban al cultivo de la caña 90,000 caballerías lo que representaba un 20.5% del total de las tierras cubanas cultivadas. Por lo tanto, las cuatro quintas partes de las tierras en producción en Cuba se dedicaban en 1958 a labores agrícolas ajenas a la siembra y cosecha de la caña lo que desmiente categóricamente la afirmación castrista del problema del «monocultivo» en Cuba antes del triunfo de la revolución. Y con respecto a la existencia del problema del «latifundio» como regla general en la Cuba pre-castrista, el fidelismo miente de nuevo. En el trabajo del Dr. Pedro Martínez Fraga «El Mito de la Reforma Agraria Cubana» el autor afirma que en 1958, Cuba era el país de América con el índice más bajo de superficie promedio de fincas. Según el Dr. Martínez Fraga, en ese año la superficie promedio de fincas en Cuba era de 56.7 hectáreas; en los Estados Unidos, que ocupaba el segundo lugar, el promedio era de 78.5 hectáreas; y el tercero y cuarto lugar lo ocupaban respectivamente México con 82 hectáreas y Venezuela con 335 hectáreas.

De acuerdo con «América en Cifras,» publicación de la Unión Panamericana; del «Statistical Abstract of Latin America, 1961» del Center of Latin-American Studies, de la Universidad de California en Los Ángeles; de la Food and Agriculture Adminstration y del U.S. Department of Commerce, en 1958 Cuba ocupaba el tercer lugar en América Latina en ingreso anual per cápita. Tenía el primer lugar en estaciones trasmisoras de televisión y en aparatos de televisión por habitante; así como en asistencia a cine per cápita; tercer lugar en el número de ejemplares de periódicos y magazines por cada mil habitantes; era tercera en consumo de papel, **primera en el tanto por ciento del ingreso nacional invertido en educación**; tercera en el número de teléfonos por cada cien habitantes; tercera en el número de habitantes por médicos en servicio activo; segunda en el valor de las importaciones y exportaciones per cápita; tercera en el número de automóviles por cada mil habitantes; segunda en el número de radio-receptores por cada mil habitantes; tercera en el consumo per cápita de energía eléctrica.

En 1958 en Cuba había un radio-receptor por cada 5 habitantes; un televisor por cada 20; un automóvil por cada 27 y un teléfono por cada 28. En ese año en Cuba se consumían por año 32 libras de manteca por habitante; 73 de carne y 5.6 de pescado, con 2,682 calorías per cápita. El índice de mortalidad infantil era el más bajo de América Latina. Con una población de 6,500,000 habitantes en 1958 habían en Cuba en circulación 221,570 transportes, que se descomponían en las siguientes categorías: 171,560 automóviles; 53,739 camiones y 5,617 ómnibus.

También en 1958 habían en Cuba 25,000 tractores agrícolas operando, usándose los métodos más modernos para el cultivo de la caña de azúcar, del tabaco, del arroz, de la papa, de las frutas y de los vegetales.

Mucho antes del triunfo de la revolución fidelista, en Cuba ya se había terminado con el desalojo de los campesinos. En 1937 se aprobó la *Ley de Coordinación Azucarera*, por la que se otorgaba el «derecho de permanencia» a los campesinos que ocupaban la tierra, bien fuera en calidad de arrendatarios, subarrendatarios, aparceros e incluso precaristas siempre que cubriesen la cuota de caña que se les asignaba. Este derecho de permanencia podía ser transmitido por herencia o venta a otras personas. Después de 1937, el derecho de permanencia se extendió a otros sectores agrícolas. Para 1957, el número de esos colonos pasaba de 65,000 y sus tierras producían más del 80% de la caña que se molía en los ingenios cubanos. Al mismo tiempo existían más de 60,000 ganaderos y un número creciente de cosecheros de tabaco, arroz, café, frutos menores, etc. Además de azúcar, tabaco, café y frutas —enlatadas y naturales— para esa fecha ya Cuba exportaba a muchas partes del mundo productos textiles, alimenticios y farmacéuticos; así como minerales, abonos, etc. En la producción de níquel Cuba ocupaba el segundo lugar en el mundo, inmediatamente después de Canadá y a partir de 1956, se había convertido en el primer productor de cobalto del mundo.

En 1943 el 37% de las familias cubanas tenían un ingreso de $750 o menos al año; un 42% tenía ingresos entre $750 y $1,200 al año, lo que significaba que en 1943 las cuatro quintas partes de familias cubanas (79%), tenían menos de 100 pesos mensuales. En 1958 sólo el 29% de las familias cubanas tenían ingresos inferiores a $1,200 anuales, y el 43% de las familias tenían entre 1,200 y 2,500 al año; o sea que en 1958 ya el 72% de las familias cubanas ganaban más de $100 al mes. Como en Cuba el proceso inflacionario se mantuvo bajo control, el aumento en los ingresos se traducía en un mejoramiento efectivo y real del nivel de vida de las grandes masas de la población.

Con respecto a los salarios obreros, las cifras son verdaderamente impresionantes.

Salario promedio por hora de trabajo (1958)
Sector Agrícola

1	Canada	$	7.18
2	Estados Unidos	$	6.80
3	Nueva Zelandia	$	6.72
4	Australia	$	6.61
5	Suecia	$	5.47
6	Noruega	$	4.38
7	**Cuba**	**$**	**3.00**
8	Alemania Federal	$	2.57
9	Irlanda	$	2.25
10	Dinamarca	$	2.03
11	Bélgica	$	1.56
12	Francia	$	1.32
13	Japón	$	0.90

Sector Industrial

1	Estados Unidos	$	16.80
2	Canada	$	11.73
3	Suecia	$	8.10
4	Suiza	$	8.00
5	Nueva Zelandia	$	6.72
6	Dinamarca	$	6.46
7	Noruega	$	6.10
8	**Cuba**	**$**	**6.00**
9	Australia	$	5.82

10	Inglaterra	$	5.75
11	Bélgica	$	4.72
12	Alemania Federal	$	4.13
13	Francia	$	3.26

Como puede verse, en 1958 los trajadores agrícolas cubanos ocupaban el séptimo lugar y los industriales el octavo entre los obreros mejores pagados del mundo, siendo Cuba el único país latinoamericano que aparece en la tabla. Entre 1933 y 1940 el trabajador cubano obtuvo y mantuvo hasta 1958 conquistas tan importantes como la jornada máxima de 8 horas y semana de 44 horas con pago por 48; salario mínimo legal ajustado al índice de precios; licencia con sueldo por enfermedad equivalente a 9 días al año; licencia de maternidad consistente en seis semanas antes y seis después del parto con paga completa para la mujer trabajadora y derecho a clínica gratuita no sólo para ella sino también para la esposa del obrero dedicado a labores domésticas; seguros y retiros sociales que cubrían prácticamente todos los sectores obreros y profesionales, desde el cortador de cañas al empleado público, desde el cargador de sacos en los muelles hasta el médico y el abogado; tenía el derecho a la organización sindical, a ir a huelga y al boicot; derecho de inamovilidad en el trabajo;[34] derecho a un mes de vacaciones con pago por cada once meses de trabajo o la parte proporcional si había trabajado menos de 11 meses. En muchos centros de trabajo, especialmente oficinas, se trabajaban 40 y a veces 35 horas a la semana y se cobraba por 48 horas de trabajo. A principios de los años cincuenta se estableció el plus o bono pascual para obreros y empleados, que muchas empresas privadas convirtieron en el pago de un mes completo de salario extra al años. Está de más decir que todos esos derechos y conquistas sociales fueron prontamente abolidos por el castrismo después que ocupó el poder y nunca más han sido puestos en vigor en Cuba.

Es interesante observar que muchos de los derechos y conquistas obtenidos por los trabajadores cubanos antes de Castro, no han sido conseguidos hasta la fecha por los trabajadores de los Estados Unidos y de muchos de los países más avanzados del mundo.

El papel de la mujer cubana también se transformó por completo en los años comprendidos entre 1933 y 1958, especialmente después de la promulgación de la Constitución de 1940 que específicamente prohibía la discriminación por motivo de edad, raza, sexo o religión. Por razón de ello, la mujer cubana llegó a alcanzar un lugar destacado en la producción, las profesiones y las actividades sociales, culturales y políticas del país.

---

[34] De acuerdo con el Decreto 798 de 1939, nadie podía ser despedido legalmente sin previa formación de expediente y sin que en última instancia hubiera una sentencia del Tribunal de Garantías Constitucionales y Sociales por la que se declarara el despido justo y de acuerdo con la ley.

Desde fines del siglo pasado, existía en Cuba la integración, asistiendo los niños cubanos, blancos y negros a los mismos colegios, institutos de segunda enseñanza y universidades. Tanto la población blanca como la negra asistían a los mismos parques, teatros, estadios, restaurantes y hoteles, y compraban y vendían en los mismos establecimientos. Los dos héroes más importantes de la independencia de Cuba fueron un negro, Antonio Maceo y un blanco, José Martí. Mariana Grajales, la madre de Antonio Maceo, fue designada por resolución congresional Madre de la Patria, siendo venerada por todos, blancos y negros como el símbolo excelso de la mujer cubana. Muchos negros fueron electos concejales, alcaldes, representantes y senadores; otros ocuparon los cargos de Ministros del Gabinete y de oficiales de alta graduación del ejército, inclusive el de jefe de esa institución. Otra gran falacia de la dictadura castrista es la de presentar a la Cuba de antes de 1959 como un país donde solamente los hijos de familias ricas tenían la oportunidad de recibir una buena educación. En la página 627 de la *Historia de Cuba* del Dr. Fernando Portuondo, publicada en 1950, se lee:

«A partir de 1933 la enseñanza primaria recibió nuevo impulso: se mejoró la dotación de maestros y se crearon varios millares de aulas. Los Presidentes Fulgencio Batista y Ramón Grau San Martín construyeron algunas escuelas rurales de tipo consolidado, o sea de varias aulas graduadas y el último emprendió la tarea de dotar de locales a las escuelas rurales de aula única.»

Y mas adelante continúa:

«Particularmente se debe a Batista una iniciativa cultural revolucionaria: la de coordinar los servicios de educación rural de modo que los alumnos mejores graduados en las escuelas de primeros grados pasaran a internados diseminados por el campo, las *Escuelas Prevocacionales* también llamadas *Hogares Campesinos* y de estos a unos *Institutos Tecnológicos* donde completarían su preparación para las principales ocupaciones y oficios relacionados con la vida rural.»

Y después dice:

«De hecho, la República ha dotado las ciudades de escuelas profusamente (en 1950 un maestro por cada 18 niños de edad escolar) pero no ha sido igualmente generosa con la población campesina, la cual sólo cuenta con un maestro por cada 159 niños.»

Terminando:

«Afortunadamente mil medios de instrucción creados por la civilización moderna (la radiodifusión, la cinematografía, la prensa gráfica, las actividades sindicales) suplen en Cuba las deficiencias del sistema escolar haciendo relativo y no absoluto el analfabetismo de las masas.»

Y hablando de las enseñanzas superior y media dice el Dr. Portuondo:

«Durante el primer cuarto del siglo XX la enseñanza superior se desenvolvió en Cuba según los moldes fundidos por Varona poco antes del nacimiento de la República.»

Entre 1915 y 1920, bajo la presidencia de Menocal aparecieron las primeras Escuelas Normales para maestros de enseñanza elemental y la Escuela del Hogar de la Habana, que sin duda llenaron un vacío importante.

En el primer período del Presidente Machado (1925-1929), aparecieron las Escuelas Profesionales de Comercio y dos Escuelas Técnicas Industriales. La Universidad de la Habana inmediatamente después del establecimiento del primer Gobierno Provisional (1933) reclamó y obtuvo autonomía plena para administrarse técnica y económicamente, y logró aumentos de créditos que la Constitución de 1940 hizo ascender al 2% del Presupuesto global del Estado. Las raquíticas Escuelas creadas en época de penuria, al salir de la guerra de independencia y mantenidas así más de un cuarto de siglo, se han convertido en *Facultades,* diversificando sus cursos y creando nuevas profesiones: una Escuela de Verano amplió el círculo de las posibilidades de la obra cultural; la biblioteca general y las bibliotecas de las Facultades así como los museos y laboratorios han sido dotados de locales y materiales adecuados. Es digno de notarse que la Facultad de Ciencias Comerciales y el Instituto de Idiomas Modernos, establecidos en esta última época igualan y superan en matrícula a muchas de las viejas escuelas profesionales. En suma, la Universidad de la Habana que en los comienzos del siglo XX daba instrucción a dos millares de alumnos, matriculó en el curso de 1949-50 más de doce millares. En 1946 fue fundada por la Orden de los Agustinos la Universidad de Santo Tomás de Vilanova en Marianao; en 1949, por ley del Congreso fue autorizada la creación de la Universidad de Oriente, que venía funcionando por iniciativa particular en Santiago de Cuba desde 1947 y más tarde fue fundada la Universidad de Santa Clara.

En la obra *Cuba Republicana: Las páginas que prohibió Fidel Castro*, Puerto Rico, Ediciones Capiro, 1984, el Dr. Leví Marrero, escribe en la introducción:

«La *Historia de Cuba* del Dr. Portuondo fue dedicada a los alumnos de tercer año de los Institutos pre-universitarios antes de Castro. Después del triunfo de la revolución, Castro ordenó la sustitución total de los textos de ciencias sociales utilizados hasta entonces en todos los niveles de la educación cubana. Entre los textos prohibidos figuraba la *Historia de Cuba* del Dr. Portuondo...

Vetada por orden oficial la *Historia de Cuba*, el Comité de educación del Partido Comunista de Cuba ordenó a sus historiadores la preparación de nuevos textos. Fue tan lenta y pobre la cosecha, que por orden personal de Fidel Castro se autorizó una reimpresión del libro de Portuondo sólo que a la autorización se agregó un úkase: en la nueva edición debían ser amputados los capítulos correspondientes al presente siglo. Son estas páginas sobre la Cuba Republicana, cuya lectura ha sido prohibida en la Patria a nuestros jóvenes sometidos a la desinformante indoctrinación, las que he querido rescatar y divulgar.»

Es necesario concluir de todo esto que Cuba, antes del castrismo, era uno de los países más próspero y desarrollado del Continente, en el que venía produciéndose una evolución pacífica encaminada hacia la prosperidad y el bienestar de todos los cubanos. Pero es cierto que existía una lacra, la deshonestidad política. Y Fidel Castro engañó al pueblo de Cuba haciéndose pasar por el líder limpio y honrado cuyo propósito era la revolución política para terminar de una vez para siempre con la deshonestidad de los gobiernos. Desgraciadamente el pueblo lo creyó. Y cuando se dio cuenta de su error ya era muy tarde. La revolución política se convirtió, sin razón para que así sucediera, en una revolución social, y el resultado fue el establecimiento en Cuba de la primera dictadura comunista en las América.

Treinta y siete años después Fidel Castro, más brutal y cruel que nunca, aún sigue en el poder.